L'incastro perfetto

Alla donna che mi ha
fatto comprendere il
vero significato della
parola "Amare"

Alessandro Rossi

L'incastro perfetto

L'incastro perfetto

Selvaggia aveva appena parcheggiato la sua auto nel parcheggio in centro, prese la sua borsa LV e scese. Elegantissima e bellissima nel suo tailleur blu con camicia bianca leggermente aperta che lasciava intravedere un prorompente seno, un tacco mozzafiato, truccata di tutto punto, un bellissimo rossetto di un ciclamino splendente, capelli mossi con taglio che si adagiava sulle spalle. Appena fuori dal parcheggio, pochi passi ed il suo cuore ebbe un sobbalzo. Davanti a lei si materializza la sagoma di un uomo sulla cinquantina, alto e con un abito molto elegante di un grigio chiaro davvero molto bello. Capelli rasati, o per meglio dire molto molto corti. Ancora pochi passi ed il cuore di Selvaggia parte all'impazzata....

"Ma... ma... ma è Ale... noooo" neanche il tempo di un ulteriore pensiero che... scambio di sguardi rapidissimo e

"ma tu sei Selvaggia? Accidenti, quasi non ti riconoscevo! Che fine ha fatto quella infinita cascata di ricci? E che ci fai qui?"...

Selvaggia trattenne il fiato per provare a non far trapelare il prossimo collasso...

"ma come che ci faccio qua? Io ci vivo. Piuttosto tu che ci fai?"... e fu allora che Ale la sparò grossa!

"Sai, io sono diventato responsabile di area e guido oltre 100 agenti, ho saputo che qua in città avevano bisogno di supporto ed ho chiesto il trasferimento di sede"...

mai bugia poteva essere meglio detta! Non sull'essere diventato responsabile di area e gestire 100 agenti, bensì sul fatto che quel trasferimento lui erano anni che lo chiedeva! Proprio per poter vivere quell'attimo che stava vivendo! Entrambi erano stati colti da evidente imbarazzo... il colore della pelle di Ale tendeva al violaceo e la sudorazione era al limite, le pulsazioni lasciavano intendere che da li a breve avrebbe smesso di parlare! E fu allora che, senza aver quasi proferito parola, si salutarono... Ale tese la mano verso Selvaggia ma lei per tutta risposta lo abbracciò... come nell'accomiatarsi di due vecchi amici... un bacio sulla guancia e *"dai, visto che adesso lavori qua vuol dire che ci incontreremo più spesso"*...

Ale, che in 20 secondi avrebbe voluto declamare l'iliade ed anche l'odissea, si ritrovò a dir poco senza parole...

"certo che si..." Altra colossale bugia!

Ale erano due anni che girava nel vano tentativo di quell'incontro che era avvenuto in modo così fugace e che, come tutte le cose che attendi da tanto, ti lasciano senza parole... perché in certi momenti gli sguardi parlano molto meglio delle parole... ed era proprio quello che era accaduto! Gli occhi di un colore nocciola chiaro, grandissimi e "sorridenti" di una solare Selvaggia avevano incrociato gli occhioni grandi e cerulei di Ale ed in quei pochi secondi quegli occhi si erano detti tante di quelle cose che un umano normale non può neanche immaginare.

Selvaggia continua per la sua strada avendo ben impresse davanti agli occhi tutte le scene di quell'incontro ed in pochi istanti le riaffiorano vecchi ricordi..

Camminava in direzione della boutique dove era diretta per ritirare un abito ma lo faceva come può farlo un automa... non si accorse neanche che una sua amica le camminava accanto ormai da diversi minuti, lei rispondeva anche alle sue domande senza ricordare assolutamente niente di ciò che aveva detto... nella sua testa solo quei pochi istanti e sotto il suo naso ancora l'inconfondibile profumo di Ale.

Intanto Ale a bordo del suo nuovissimo SUV Mercedes viveva anche lui le stesse sensazioni di Selvaggia, o Selvy, come la chiamava un po' di anni prima... non gli era sfuggito niente... Selvaggia era meticolosa nella cura dei particolari ed Ale aveva notato ogni cosa... un manicure perfetto dava degno lustro a mani da "pianista", e poi quel tacco che la slanciava e le donava una eleganza fuori dal comune.

Fu proprio quell'incontro a far scattare in Ale quella ulteriore molla e si disse...

"Caro Ale, è giunto il momento di agire... non aspettare più che le cose accadano ma se davvero vuoi una cosa, vai e prendila"... Pensò subito ad una di quelle frasi che si leggono spesso in giro sui social... "Pensa, Credi, Sogna ed Osa"... Ecco, lui ormai era giunto all'ultima fase... quella in cui bisognava osare!

E così fu... non subito, ovviamente! Ale aveva una terribile paura della reazione di Selvy. In molte altre occasioni aveva provato a creare lo spunto per un dialogo "social" ma ogni volta si era concluso in modo molto freddo anche perché lui non aveva mai "osato"!

Questa volta era diverso, Ale era pronto a giocarsi tutte le sue carte...

"E' stato davvero bellissimo rivederti!"... con queste parole Ale aprì le danze... la risposta non tardò ad arrivare *"Sono stata davvero tanto contenta anch'io di rivederti"*.

Il cuore di Ale ebbe un sussulto, iniziò a battere forte... quando si trattava di Selvy aveva come una specie di blocco respiratorio che gli inibiva la parola... ma non era il momento di tentennare, Selvy sembrava davvero felice di quell'incontro e Ale doveva in ogni modo riuscire a trasmetterle quelle che erano le sue sensazioni..

"Scusa se ti ho scritto.. forse ti ho disturbato? Semmai sei con tuo marito"...

"ma no Ale, sono in ufficio. Non hai disturbato affatto"..

"meglio, non voglio creare problemi con tuo marito, se vede un mio messaggio chissà che può pensare!"...

"no, non preoccuparti. Puoi scrivere tranquillamente, ogni volta che ti va!"...

Ecco, nella testa di Ale era partita la quarta sinfonia di Beethoven... Quelle parole – "scrivimi ogni volta che ti va" – gli risuonavano nella testa a mò di violino.

"Sai Selvy, io non so niente di te! Ho un buco di un bel po' di anni. Dai racconta"...

"eee, allora abbiamo bisogno di un bel po' di tempo (ed inserì una faccina con il sorriso!).. io mi occupo di contabilità in una azienda che fa spedizioni internazionali. Sono l'unica donna e questo mi da tremendamente fastidio. So tenerli a bada ma è "dura" (altra faccina sorridente)"..

Leggendo queste parole Ale provò una strana sensazione... Sembrava "gelosia", e si chiedeva il perché... Perché essere geloso se Selvy lavorava in un posto con tutti uomini? Se non lo era il marito perché avrebbe dovuto esserlo lui?

Un bel sospiro e rispose al messaggio.

"Immagino, le giornate saranno lunghissime. Spero almeno che i colleghi sono simpatici".

Ale non se ne rendeva neanche conto ma stava dando dei segnali evidenti di gelosia!

"*ma no... per fortuna non lavoro l'intera giornata ma solo fino a pranzo. Il pomeriggio mi dedico alle mie due bambine. Riguardo i colleghi qualcuno meno antipatico c'è ma resta cmq un posto che non mi piace. Avevo iniziato con tanta enfasi ma adesso sono stanca. Sono tre anni e non resisto più, non vedo l'ora di trovare di meglio ed andar via*"...

Chissà perché ma a questo messaggio la sinfonia nella testa di Ale prese vigore. Non stava nei panni... dopo due anni in giro per la città alla ricerca spasmodica di Selvaggia finalmente l'aveva ritrovata... l'aveva trovata nel posto che meno immaginava ma la cosa più rilevante era che quell'incontro così fugace gli aveva dato il coraggio di fare un passo ulteriore...

"*Mi dispiace davvero tanto che non stai bene sul posto di lavoro ma vedrai che ben presto troverai di meglio. Sei in gambissima e non ti sarà certo difficile. Dai, ti lascio lavorare. Ci sentiamo presto se ti va*"...

"*Grazie. Buon lavoro anche a te. Certo che mi va. Scrivi quando vuoi. Un bacio*"...

"*a presto*"..

Era andato tutto nel migliore dei modi. Ale passò le ore successive a rivivere quei pochi messaggi. Li leggeva e rileggeva. Analizzava ogni singola parola scritta da Selvaggia per provare a trovarci un qualche "segno", per capire se fosse davvero felice del suo contatto. Era ancora lì, assorto nei suoi pensieri, quando, senza neanche accorgersene, entra in stanza la sua segretaria.

"*Ale! Tutto bene?*"...

"*In che senso? A cosa ti riferisci?*"...

"*Prima sono passata davanti la tua stanza e tu eri lì incantato a sorridere*"...

"*ma no, avevo ricevuto un messaggio di un cliente che mi ha messo di buon umore*"...

Ale per quei 15 minuti era stato fuori dal mondo.. Tanto preso dai messaggi da non accorgersi neanche della presenza della segretaria sull'uscio della porta.

Intanto a qualche chilometro di distanza, Selvaggia presa dal lavoro e dai colleghi invadenti faceva di tutto per non mostrare emozioni, ma dentro di lei era contenta che quel vecchio "amico" era tornato a farsi vivo. Terminato il suo orario di lavoro, nel tornare casa prese coscienza dell'accaduto. Si rese conto che era successo qualcosa di magico perché arrivò sotto casa senza neanche accorgersene. L'auto aveva fatto il percorso da sola, proprio come quando aveva rivisto Ale e non si era accorta dell'amica che le camminava accanto. I suoi occhi avevano una luce diversa. Una volta giunta a casa anche Serena, la figlia maggiore, accorgendosi della felicità negli occhi della mamma le chiese come era andata al lavoro, perché la vedeva davvero rilassata, contrariamente al solito che rincasava sempre nervosa per i colleghi. Selvaggia non esitò un attimo...

"Si, Serena, oggi è stata davvero una bella giornata"...

in un solo colpo aveva dimenticato sia i colleghi che la moglie del titolare, una vera arpia, gelosa di ogni cosa ed ancor di più della simpatia e della bellezza di Selvaggia, unica donna in una azienda di uomini tra cui il marito! Sarà stato Ale, sarà stato l'essere davvero rilassata ma anche il pranzo quel giorno aveva un sapore diverso e la cosa fu messa in risalto sia da Martina, la figlia minore di 11 anni che dal marito che non lesinò complimenti per quello spaghetto con le vongole buono come non mai. Il giorno seguente Selvaggia si recò al lavoro molto più rilassata degli altri giorni e con la speranza nel cuore di ricevere un qualche ulteriore messaggio da Ale... Così non fu..

Ale dal canto suo era combattuto, come sempre del resto, se provare a riscrive un qualcosa a selvaggia con una scusa oppure lasciar perdere. Selvaggia aveva detto "scrivi quando vuoi", ma se era solo una frase di circostanza? Se lo aveva detto per non tagliare di brutto e, con infinita educazione, aveva lasciato la porta aperta ad Ale? Questo purtroppo Ale non poteva saperlo. Poteva solo provare. E fu così che, dopo circa una settimana di tentennamenti Ale si decise a riprovarci. Tanto valeva provarci. Meglio pentirsi di averlo fatto che di non averlo fatto, disse tra se e se, ed inviò un innocuo messaggio a Selvaggia.

"Buondì. Disturbo? Ti stavo pensando e ti ho scritto. Mi andava di fartelo sapere. Se sei impegnata ci sentiamo dopo"... Invio! Ed iniziò ad incrociare le dita. La risposta si fece attendere e Ale cominciò a fantasticare su cosa poteva essere successo. "Non è andata al lavoro ed il marito ha visto il mio messaggio? Ha visto è sta prendendo tempo perché non sa cosa dire?" e così a fantasticare per le successive due ore... Niente di tutto ciò... Selvaggia era semplicemente presa dal lavoro e, visto che aveva la brutta abitudine di avere il cellulare che non dava notifiche, non si era proprio accorta di quel messaggio.

"Aleee" fu il primo messaggio di risposta...

"Scusa se ti rispondo solo ora, non avevo visto il messaggio ed ero presa dal lavoro"..

"Ma quale scusa" rispose Ale tirando un sospiro di sollievo...

"Pensavo di aver disturbato" scrisse lui...

"Ma quale disturbo, se ti ho detto scrivi quando vuoi significa scrivi quando vuoi! Anzi sono davvero contenta che mi hai scritto almeno stacco un po'. L'altra volta che mi hai scritto il tempo è volato, vuol dire che sono stata bene!"...

Ale stentava a credere a quello che leggeva. Selvaggia era

davvero contenta e lui non desiderava altro.

"*Selvy, ma come si chiama l'azienda dove lavori?*"...

"*Lavoro alla Sal-Tra... dove Sal sta per Salvatore, il nome del titolare e Tra per trasporti. La conosci?*"...

"*sisi... ho capito dove sei. Dai che non puoi lamentarti, sei quasi in centro*"...

"*sisi, quasi in centro ma dietro le sbarre (faccina sorridente)*"...

"*In che senso dietro le sbarre?*"...

"*nel senso che dalla mia stanza vedo la luce solo attraverso una piccola finestra con tanto di sbarre antintrusione! Ecco, adesso sai bene come sono messa!*"...

"*Cavolo, mi dispiace. Allora dobbiamo al più presto trovare un'altra occupazione*"...

"*sisi*" fu la risposta di Selvaggia...

"*Allora ti prometto che provo a chiedere a qualche azienda che conosco se hanno bisogno di una valida collaboratrice. Capisco bene che devi andare via da questo posto*"..

"*Infatti Ale, sarei davvero contenta di cambiare aria*"...

"*dai, ti lascio lavorare, non vorrei che l'arpia ti vede armeggiare con il cellulare e ti becchi anche un rimprovero per colpa mia*"...

"*e si, forse è meglio chiudere! Sono stata davvero felice che ti sei rifatto vivo. Adesso dovrò attendere un'altra settimana per un tuo saluto?*"...

-Bingo- "*Ma no! Adesso che so di non disturbare lo farò ogni volta che mi passa per la testa. A presto. Kiss*"...

"*A presto*"...

Ale, adesso si che sembrava in uno stato di levitazione. Era entrato in una nuova dimensione. I suoi occhi avevano una luce diversa e questo non passava inosservato a chi gli stava accanto, tanto che un collega, notando una certa gioia negli occhi, gli chiese *"ma hai concluso qualche buon affare? Ti si legge la gioia negli occhi!"*...

"No, non si tratta di un cliente! Ho semplicemente ricevuto un messaggio che mi ha messo di buon umore"...

Ale se ne restò alla scrivania per le successive due ore semplicemente a rileggere i messaggi di Selvaggia e ancora non credeva ai suoi occhi! Oltre due anni alla ricerca di Selvy ed ora si ritrovava li a leggere "dovrò attendere un'altra settimana per un tuo saluto?" ... Sembrava tutto un sogno...

Al suo ritorno a casa anche Sara, la moglie di Ale, si accorse che la persona che aveva varcato la soglia di casa aveva la testa da tutt'altra parte..

"Il lavoro! Ho avuto un problema con un cliente e per questo sono sovrappensiero!" così si giustificò Ale alla moglie che gli chiedeva dove avesse la testa!

Il tempo sembrava essersi fermato mentre Ale già pensava alla prossima mossa. La notte trascorse lenta, e nella testa Ale aveva già un piano ben preciso!

Sveglia presto come tutte le mattine, doccia, barba, crema corpo e subito la scelta dell'abito da indossare. L'armadio di Ale era pieno zeppo di abiti di tutte le tonalità di blu e di grigio, camice quasi tutte bianche e rigorosamente con il polsino per i gemelli, che lui tanto amava! Le cravatte poi, una zona dell'armadio interamente dedicata a loro, rigorosamente suddivise per tonalità di colore e per qualità. Su questo, contrariamente a molte altre cose, Ale era davvero maniacale. Per non parlare delle scarpe. Un'altra mania di Ale, nero, blu, marrone, di tutte le tonalità. Mocassini, stringate, all'inglese, davvero c'era l'imbarazzo della scelta, sembrava un negozio di scarpe, molte delle quali neanche mai indossate. Una volta scelto l'abito, questa mattina era la volta di un blu chiaro con camicia bianca, cravatta blu, cintura e scarpe marrone, Ale prese un caffè al volo e scappò via. Aveva già tutto in mente. Piccola deviazione al suo percorso abituale e tappa in un bar nei pressi della Sal-Tra.

"Buongiorno, è possibile ordinare una colazione da consegnare alla Sal-Tra?"...

"Certo che si"...

"Allora guardi, mandi un cappuccino, ci metta questa brioche al cioccolato e questo cornetto ai cereali vuoto... aaaa... aspetti, ci metta anche questi due baci perugina"...

"Bene, a chi consegniamo e da parte di chi"...

"Lo consegnate a Selvy, è al primo piano in amministrazione, da parte di Ale"...

"Benissimo, tempo 5 minuti e facciamo la consegna"...

"Quanto le devo?"...

"Tutto 5,30€"...

Ale prese sei euro dal porta monete *"Tenga pure il resto per il ragazzo che farà la consegna. Grazie mille e buona giornata"...* Uscì dal bar e si sedette in macchina con addosso una sensazione che andava dall'agitato all'emozionato. Aveva osato... ed aveva osato davvero tanto... mandare la colazione a Selvaggia in una tana di lupi con l'arpia sempre in agguato chissà se era stata una scelta giusta? Ma ormai era fatta e non si poteva tornare indietro, Ale aveva deciso di giocarsi il jolly!

"Grazieeeeee"... Neanche il tempo di arrivare in ufficio che ad Ale arrivò questo messaggio...

"Grazie di cuore (con il cuore)! Sei stato davvero molto gentile non ti smentisci mai, quando c'è da sorprendere sai sempre come fare. Non sei affatto cambiato. Mi hai reso la giornata

mooolto più bella!"...

Sì, Selvaggia scrisse proprio così. Un molto con tante o a dimostrare la gioia che aveva provato nel rivedere quella inattesa sorpresa.

"Figurati Selvy, non ho fatto proprio niente. Volevo sorprenderti e spero di esserci riuscito"..

Sì che c'era riuscito. Selvaggia da quel momento non riuscì più a far niente per l'intera mattinata.

"Però hai davvero esagerato. Non bastavano la brioche e il cornetto? Anche i baci dovevi aggiungere?"..

Questo messaggio fu una vera e propria provocazione di Selvaggia, la quale aveva servito un assist – forse non tanto inconsapevolmente – ad Ale che prese la palla al balzo!

"I baci? Ero tentato dal mandarti solo quelli ma non volevo sembrare troppo parsimonioso (tanti sorrisini). È stata la prima cosa alla quale ho pensato appena dentro al bar, solo dopo ho scelto la brioche ed il cornetto! (ancora emoticon con sorrisi)"...

"Ale, è incredibile come non sei proprio cambiato nonostante non ti sentivo da quasi venti anni. Sono contenta"...

"Spero solo di non aver creato problemi facendoti arrivare la colazione in ufficio"...

"Ma no, non preoccuparti, hanno chiesto chi fosse lo spasimante, in preda ad una evidente invidia, ma io ho glissato"...

"Bene, sono contento! A proposito, ma il tuo numero di cellulare è sempre lo stesso?"...

"Sisi, non l'ho mai cambiato"...

"Bene, perché io non l'ho mai cancellato dalla rubrica! A che ora finisci in ufficio?"..

"Dovrei uscire verso le 13. Perché?"...

"Se ti va possiamo sentirci, scambiamo due chiacchiere"...

"Certo che si, chiamami verso le 13:05" rispose Selvaggia... *"Va benissimo, allora ti lascio al tuo lavoro. A dopo"*...

Gli occhioni *nocciola* di Selvaggia, già bellissimi e sorridenti normalmente, avevano assunto una luce diversa. Stava rivivendo sensazioni ormai sopite. Ben presto però si accorse che Ale *non era di parola!* Passò solo qualche ora e il cellulare di Selvaggia vibrò. Era Ale...

"Ciao, sono Ale, ti ricordi di me? È una vita che non ci sentiamo"...

Selvaggia leggendo quel messaggio a stento trattenne il sorriso. Cosa che riuscì bene – quasi - solo alle labbra. I suoi occhi e, principalmente, il suo cuore stavano sorridendo. Anzi no, ridevano proprio di gusto!

"Ciao, chi Ale? Non conosco nessun Ale, forse avrai sbagliato chat?" rispose Selvaggia.

"oh scusi allora! Mi dispiace averla disturbata. Non tenga conto di questo messaggio, c'è stato uno scambio di persona!" e giù emoticon con sorrisi a più non posso da parte di entrambi a conferma di una affinità mai svanita.

"Dai, ti lascio al tuo lavoro. Scusa per l'intrusione. A dopo" scrisse Ale.

"Ma che scusa, non devi preoccuparti, tu non disturbi mai. A dopo"..

L'innata timidezza di Ale man mano stava lasciando il posto alla tranquillità di chattare con la Selvaggia di sempre. Se lei aveva ripetuto più volte che lui non era cambiato, anche nella testa di Ale risuonava lo stesso concetto. La mattinata scorreva stancamente ed i minuti sembravano non passare mai. Ale guardava ogni dieci minuti l'orologio e questo non faceva altro che peggiorare ancora di più lo scorrere lento delle lancette dell'orologio! Alle 12:45 Ale lascia l'ufficio e si dirige verso il parcheggio, deve parlare con Selvaggia e vuole farlo lontano da orecchie e occhi indiscreti, del resto ha anche un'altra idea e vuole provare a vedere se va bene. Alle 13:05, puntualissimo, Ale chiama Selvaggia.

"*Selvaggia?*"

"*Sì sono io...*"

"*Dio mio, disse Ale, non credo alle mie orecchie, sei proprio tu!*"

"*No, rispose Selvy, sono un risponditore automatico impostato per risponderti!*"

Confermando quella che era la sua vena ironica.

"*È davvero bello sentire la tua voce. Sono davvero felice.*" "*Anch'io lo sono, rispose Selvaggia, speravo tanto in una tua chiamata e sono contenta che hai preso l'iniziativa di farla.*" "*Figurati, disse Ale, penso che un po' mi conosci, ho sempre il timore di dare fastidio e quindi ho tentennato un po'. A proposito, ma tu dove sei?*" Chiese Ale..

"*Sono in via Marconi, perché?*"

"*No niente, solo una curiosità. Ma adesso dove vai?*" Chiese Ale.

"*Vado a casa, mi tocca preparare, tra non molto rientrano anche mio marito con le ragazze di ritorno dalla scuola.*" "*Capisco – disse Ale – ma... in questa macchina nera sei tu?*" "*Sì, perché?*"

"*Guarda alla tua destra...*" Ale si era appostato in un punto molto trafficato per fare una sorpresa a Selvaggia. Voleva incrociare il suo sguardo, anche solo per una frazione di secondo, ma voleva vederla!

"*Ma tu sei davvero pazzo* – esclamò Selvaggia appena vide Ale in macchina - *chi se lo aspettava di vederti.*"

"*Ecco, appunto* - rispose Ale - *era proprio questo quello che volevo. Sorprenderti! Non potevo certo dirti ti aspetto a via Marconi! Io ci ho provato e diciamo che mi è andata bene. Sono davvero felicissimo di aver incrociato il tuo sguardo.*"

"*A chi lo dici* - rispose Selvaggia - *vorrei farti sentire il mio cuore, va a mille. Ma sono superstracontenta della sorpresa che mi hai fatto.*"

"*Oggi era la giornata delle sorprese* - disse Ale - *e spero di averti resa felice almeno quanto lo sono io.*"

"*E puoi starne certo* - ribatté Selvaggia. *Purtroppo sono arrivata sotto casa ed è meglio che chiudo non vorrei incontrare mio marito e potrebbe chiedermi con chi sto parlano (disse sorridendo). Comunque devo dirti che anche oggi mi farai stare a casa come uno zombi, mannaggia a te, tutte queste sorprese in una volta sola non le reggo.*"

"*Sono contento che sei felice, l'ho fatto per questo e sapere che ho fatto centro mi rende felice. Buon pranzo Selvy. A presto.*"

"*A presto*" - salutò Selvy chiudendo la chiamata ed affrettandosi a cancellare dalla rubrica il numero di Ale per evitare problemi a casa. Stessa cosa che fece anche Ale mentre ebbro di gioia si dirigeva a casa. Nelle mattinate successive Ale continuò ad inviare messaggi a Selvaggia. A volte solo per un saluto, a volte per scambiarsi qualche pensiero, fino al giorno in cui Ale non scrisse "*Selvy, io ho una voglia matta di vederti. Vorrei tanto poterti abbracciare di nuovo e darti un bel bacio, di quelli che solo noi sappiamo*"...

Ormai Ale non è più ostaggio di quella timidezza che lo bloccava i primi giorni e si comportava liberamente con Selvaggia.

"A chi lo dici Ale – rispose Selvaggia – *anch'io ho una voglia matta di rivederti ma come si fa? Io sono sempre con le bambine, dovrei trovare il modo di organizzarmi, ma lasciami pensare un po', troverò io il modo, te lo prometto!".*

"Si dai, non vedo l'ora"....

La settimana seguente, nel mentre si scambiavano messaggi Selvaggia disse *"ma questa sera verso le 19 sei libero?".*

Ale si sarebbe liberato da qualsiasi cosa, non esistevano impegni per un appuntamento atteso venti anni!

"Certo che si – rispose – *perché?"..*

"Io lascio le ragazze a casa e scendo per alcune commissioni. Conosci il parcheggio a via Trento?"..

"Certo" rispose Ale.

"Allora tu aspetta fuori, nello spazio antistante, ci vediamo anche solo per pochi minuti ma ci vediamo"...

"Benissimo. Sono davvero contento"...

Per il timore del traffico e di fare tardi Ale alle 18:35 era già fermo all'ingresso del parcheggio. Selvaggia non si fece attendere più di tanto ed alle 19 in punto era già al parcheggio. Appena Ale vede l'auto di Selvaggia si fece notare con un rapido lampeggio dei fari. Selvaggia parcheggiò la propria auto accanto a quella di Ale e si affrettò a scendere. Era bellissima. Un jeans a zampa di elefante con sotto un anfibio nero davvero molto bello. Una camicia bianca e sopra un piumino blu con cappuccio di pelliccia. Truccata in modo impeccabile con un rossetto arancio che metteva in risalto le sue labbra carnose e a dir poco perfette. Appena entra in auto tutto quello che Ale aveva pensato va a farsi benedire. Si blocca! Resta così, immobile ad ammirarla, e per lui come una visione!

Selvy per stemperare la tensione esclama *"wuee! Allora? Ti riprendi? Dai, andiamo via onde evitare che passa qualcuno che ci conosce"*...

Ale avviò la sua fiammante Mercedes, ovviamente pulitissima e profumata per l'occasione, e come in preda ad uno stato di ipnosi si incamminò verso la periferia. Era praticamente bloccato e non riusciva a proferire parola. L'unico gesto che riuscì a fare fu quello di allungare la sua mano destra verso Selvy per stabilire un contatto! Quando le due mani si incrociarono Selvy strinse forte come a dire "sta tranquillo Ale, io sono qui!", e come per incanto Ale iniziò a farfugliare qualche parola *"sono davvero felice. Ho il cuore a mille, mannaggia, qua mi prende un accidenti, io ho una certa età"* e si mise a ridere per stemperare la tensione evidente.

"Ma dove andiamo? Io, come ti ho detto, non ho tanto tempo" chiese Selvy.

"Ci sono alcune aziende che a quest'ora dovrebbero essere ormai chiuse, ci fermiamo fuori nel parcheggio. Non diamo all'occhio di eventuali auto di passaggio e stiamo tranquilli" disse Ale per tranquillizzare Selvaggia.

I circa tre minuti che intercorsero tra il loro incontro e l'arrivo a destinazione furono infarciti di sguardi e di silenzi che valevano più di mille parole. Appena fermi Ale sganciò la cintura di sicurezza e si voltò verso Selvaggia ed iniziò a fissarla come se dinanzi a lui si fosse materializzata una entità sovrannaturale. *"Allora? Hai insistito tanto per vedermi ed ora che sono qua non parli?"* a stemperare la tensione ci pensò Selvaggia, con il suo modo di fare era capace di tirare fuori il sole anche nel bel mezzo di un uragano.

Intanto Ale la guardava e sorrideva!

"Ma come! Per un mese mi hai detto che avevi una voglia matta

di baciarmi ed ora che sono qua a mezzo metro da te ti fermi a guardarmi! Che dici me lo dai questo bacio?" esclamò Selvaggia per far tornare in se Ale.

A quel punto Ale non ci pensò e con il braccio destro tirò a se Selvaggia. Le loro labbra si incontrarono e fu una esplosione di piacere! Le bellissime labbra carnose di Selvaggia incontrarono quelle altrettanto belle e carnose di Ale. Selvaggia baciava in modo divino. Era un bacio lento, passionale e Ale seguiva con dolcezza i suoi movimenti. Le loro lingue si incrociavano come per parlarsi mentre le mani di Ale accarezzavano il viso di Selvaggia per avere la certezza che non si trattasse di un sogno. Ale conosceva bene quei baci anche perché negli ultimi venti anni non aveva mai avuto modo di baciare così bene! Entrambi misero in quel primo bacio tutta la passione e la voglia di chi ha atteso ben venti anni per poi ritrovarsi. Il loro era un continuo ansimare. Le labbra non riuscivano a staccarsi ed andarono avanti per diversi minuti. C'erano diversi baci non dati ed era arrivato il momento di recuperare. Ale accarezzava il viso di selvaggia con entrambe le mani, spostò solo per pochi istanti le labbra, giusto il tempo di guardare negli occhi Selvaggia e poi riprese a baciarla. Un bacio carico di passione. La lingua di Ale era alle prese con una vera e propria danza con quella di Selvaggia. La mano destra di Ale si spostò lentamente prima dietro la testa e poi dietro al collo come a non voler far allontanare Selvaggia da quel lungo brivido. Anche Selvaggia iniziò a sciogliersi ed infilò una mano dolcemente tra i bottoni della camicia di Ale per accarezzargli il petto. In preda alla passione di baci sempre più intensi e passionali Selvaggia non si accorse che i minuti scorrevano via veloci.

Mai "il tempo di un bacio" fu tanto lungo. Tra un bacio ed una carezza il tempo volò e ad un certo punto il cellulare di Selvaggia iniziò a squillare, era la figlia, la chiamava per ricordarle di prendere alcune cose al Market vicino casa. Fu quello il segnale chiaro che il tempo a loro disposizione era ormai scaduto! Sempre senza staccare lo sguardo l'uno dall'altra, quasi all'unisono, dissero *"è stato davvero bello"*.

"Grazie Selvy, è stato come fare un salto nel tempo, sono tornato indietro di 20 anni." Disse Ale trattenendo a stento l'emozione. *"Sai –* rispose Selvaggia *– stavo pensando la stessa cosa. Non sei cambiato per niente. Sono davvero felice"*.

Dopo una rapida sistemata alla camicia ed alla cravatta Ale avviò il motore mentre Selvaggia era alle prese con la sistemazione del trucco e del rossetto, che aveva trasferito di sana pianta sulle labbra di Ale. Selvaggia guardò Ale e scoppiò in una fragorosa risata. *"Aspetta. Dove credi di andare. Hai più rossetto tu che io! Tieni –* e gli passò una salviettina imbevuta *– pulisciti un po', hai rossetto dappertutto!"*.

E fu così che Ale, guardando quella salviettina praticamente zeppa di rossetto, si rese conto che stava per farla davvero grossa! Rientrare a casa in quelle condizioni sarebbe stato come tornare con la pistola fumante. Lungo il percorso per il ritorno all'auto di Selvaggia, Ale prese nuovamente la mano di Selvaggia, ma questa volta, anche se era passata solo mezz'ora dalla volta precedente, più che tenergli la mano fu come una continua carezza. Il pollice della mano destra di Ale si muoveva dolcemente sul dorso della mano Sinistra di Selvaggia fino all'istante in cui lei strinse con entrambe le mani la mano di Ale spingendo forte sulla sua gamba come per dire "vorrei proprio tenerti con me"!

Come di consueto il percorso di ritorno sembrò brevissimo ed in pochissimo erano già al parcheggio accanto all'auto di

Selvaggia.

"Il tempo è volato, ma io voglio rivederti al più presto" esclamò Ale fissando negli occhi Selvaggia.

"Certo che ci rivedremo presto. Anzi prestissimo. Te lo prometto" rispose Selvaggia.

Un tenero bacio sulla guancia, per evitare il rischio di sguardi indiscreti, e con un amorevole "ciao" si salutarono. Selvaggia praticamente non fece assolutamente niente di tutto quello che doveva fare in quanto aveva dedicato tutto il tempo a sua disposizione ad Ale e si limitò alla sosta al market per la commissione chiesta dalla figlia. Doveva rientrare a casa prima del marito per evitare di dare spiegazioni sul perché era scesa lasciando sole a casa le due bimbe. Il profumo di Ale lo sentiva dappertutto, sulle mani, sul giubbino e su qualsiasi cosa inalava. Lo sentiva praticamente ovunque. Giusto il tempo di entrare in casa e dopo pochi minuti arrivò anche il marito. Ale intanto vagava in auto senza una meta.

Per lui è stato come salire a bordo della sua personalissima *DeLorean* e fare un viaggio nel tempo che lo aveva portato a vivere sensazioni ormai lontane. Quei baci e quelle carezze con Selvaggia avevano risvegliato in lui un fuoco che era solo nascosto dalla cenere.

La mattina successiva a fare il primo passo fu Ale con un *"Buongiorno (con tanto di cuoricino)"* a cui rispose Selvaggia con un *"Buongiorno a te (e un bacio)"*...

Ale e Selvaggia si scambiarono diversi messaggi nel corso della mattinata e ad un tratto Selvaggia chiede *"Ale, ma ricordi il nostro primo bacio a Napoli?"*...

"Certo che sì - rispose Ale - *eravamo in villa comunale durante la pausa per il pranzo. Facemmo in modo di restare soli*

e ci sedemmo su una panchina. Io ti fissai, come del resto avevo fatto per tutta la settimana di corso, e senza dire una parola mi avvicinai con la testa a te per baciarti. Il contesto era bellissimo e degno di un momento magico come quello che stavamo vivendo. Lo ricordo ancora come fosse ieri nonostante sono passati venti anni".

Ale e Selvaggia si erano conosciuti venti anni prima ad un corso di formazione per Agenti Immobiliari tenuto da una nota Società internazionale nella sede di Napoli. Selvaggia all'epoca era studentessa universitaria e viveva in un appartamentino con due amiche. Ale era agente di commercio e aveva una gran voglia di un lavoro che gli consentisse di tirare fuori ancor più le sue qualità ed accettò l'invito di partecipare ad un corso di formazione per agenti! Ecco, se nella vita di ogni uomo c'è una sliding door, quella scelta è stata la porta che ha cambiato per sempre l'esistenza di Ale. I corsi si tenevano ogni tre mesi, gli sarebbe bastato dire "partecipo al prossimo" e non avrebbe mai conosciuto Selvaggia. Fin dai primi giorni si creò un bel gruppo affiatato. Quello tra Ale e Selvaggia fu un vero e proprio colpo di fulmine. Sguardi che si facevano sempre più intensi. Sorrisi ad ogni minima occhiata, e tante scuse per stare insieme. A pranzo si creavano sempre diversi gruppi ma con un'unica costante, Ale e Selvaggia erano sempre presenti in coppia. Napoli sembrava ancora più bella ai loro occhi innamorati.

Quante volte la pausa pranzo è diventata "pausa villa" per non perdere neanche un istante per condividere emozioni facendo lunghe passeggiate al tiepido sole di fine settembre tra la villa comunale ed il lungomare sempre tenendosi dolcemente per mano. La prima sera che Ale andò a casa di Selvaggia era un sabato. Lui con una scusa si liberò della fidanzata e Selvaggia era tranquilla a casa in quanto il fidanzato era fuori. Il cuore batteva forte in gola. Selvaggia viveva in una mansarda al quarto piano e Ale fece le scale di corsa, non vedeva l'ora di abbracciare la sua Selvaggia e ritrovarsi finalmente soli, lontani da occhi indiscreti. Selvaggia stava aspettando Ale accanto alla porta socchiusa, lo vide arrivare con un sorriso smagliante, lo fissò dritto negli occhi e gli disse "*benvenuto a casa. Entra che ti faccio strada. Poggia pure il giubbino sulla sedia*" e gli portò a visitare la casa che divideva con altre due studentesse che in casa non si vedevano praticamente mai visto che abitavano a pochi chilometri di distanza ed avevano preso quella camera in affitto solo per eventuali giornate in cui erano impossibilitate a rientrare e tutto ciò lasciava molto libera di agire Selvaggia.

La camera di Selvaggia era arredata "da studentessa" ma fin da una prima rapida occhiata si notava il suo gusto nello scegliere le cose. Tanti pupazzetti sparsi qua e la ed una scrivania piena di libri, qualche quadro alle pareti e tutto quello che poteva servire ad una giovane studentessa per vivere comodamente.

"*Dai, vieni in cucina che ti offro qualcosa. Come sai io non bevo caffè e alcolici, quindi vuoi un succo! Vero?*" e scoppiò in una fragorosa risata.

Mentre si stava avvicinando al frigo Ale da dietro la bloccò! Lei restò immobile, non si aspettava che Ale l'avrebbe bloccata praticamente subito. Ale tirò a se Selvaggia senza darle la possibilità di girarsi e la strinse forte. Le spostò la folta capigliatura riccia ed iniziò a baciarla sul collo. Selvaggia si sciolse subito e non oppose alcuna resistenza, del resto di baci passionali se ne erano dati tanti e quello era solo il preambolo a qualcosa di più. Selvaggia si rilassava sempre di più mentre Ale continuava a baciarla. Lei iniziò ad accarezzargli la testa mentre lui la baciava e lo teneva stretto al collo per dargli un segno inequivocabile di piacere. La mano di Ale lentamente arrivò sotto la camicetta di selvaggia ed iniziò ad accarezzale il seno sfiorando leggermente il capezzolo ormai turgido dal piacere. Selvaggia con un movimento di bacino si strisciava sul basso ventre di Ale e fin da subito notò una notevole erezione che la portarono a fantasticare su quanto stava per accadere da li a poco. Ale iniziò a massaggiare l'interno coscia di Selvaggia fino ad arrivare a stimolare il clitoride nonostante un jeans di troppo. Solo a quel punto Selvaggia si girò - *"vieni con me"* - prese Ale per mano e lo portò in camera sua e lo scaraventò letteralmente sul letto. In men che non si dica Ale si ritrovò senza il suo maglioncino celeste con Selvaggia che gli baciava il collo facendo, se possibile, aumentare ancora di più l'erezione. Selvaggia continuò a baciare per diversi minuti ogni centimetro del petto di Ale arrivando lentamente sul fianco all'altezza dell'ombelico. A quel punto si accorse che Ale era quasi allo stremo delle forze e, continuando a giocare con la lingua sul capezzolo di Ale iniziò a sbottonare i pantaloni con l'aiuto dello stesso Ale che non resisteva quasi più. Selvaggia si spostò ai piedi del letto ed iniziò a giocare con la lingua tra i testicoli, tenendo stretto tra le mani il durissimo pene che vibrava ad ogni colpo di lingua facendo trapelare l'immenso piacere che stava provando. Selvaggia, tenendo stretto il pene con entrambe le mani, iniziò a roteare la lingua sul glande che continuava a vibrare come se stesse per raggiungere un esplosivo orgasmo. Le mani si spostarono dal pene per iniziare a massaggiare i testicoli mentre lo inseriva in bocca per una fellatio lenta e carica di passione. Ale, che fino a quel punto era rimasto quasi immobile, sentendo montare sempre più il piacere e per il timore di un orgasmo improvviso allungò una mano verso

Selvaggia per farle comprendere di sospendere ed iniziò a spogliarla.

Tolta la camicia lasciò Selvaggia solo in reggiseno e sfilò via anche i jeans ed iniziò anche lui a provare il dolce sapore di Selvaggia. Con la mano destra accarezzava il seno di Selvaggia ed iniziò a baciare l'interno coscia giocando con la lingua senza mai avvicinarsi alla sua intimità. Si alzò, tolse il reggiseno ed iniziò a baciare il capezzolo, dapprima solo con le labbra, poi con la lingua per poi aprire la bocca ed avvolgere l'intera aureola, stimolando il capezzolo con la lingua mentre la mano destra era finita nelle mutandine e con il dito medio accarezzava dolcemente il clitoride. Selvaggia era ormai al limite del piacere. Era bagnatissima ed il suo bacino non riusciva a restare fermo. Ale provò a baciare il clitoride di Selvaggia quando *"No, ti prego!! Così mi fai venire, io non resisto più. Vieni che ti voglio dentro"...* Ale entrò dolcemente dentro mentre teneva stretti tra le mani i seni di selvaggia e continuava a stimolare il capezzolo con la lingua. Selvaggia alzò le cosce ed incrociò i piedi dietro la schiena di Ale per tenerlo stretto a se.

Ale iniziò a spingere forte mentre si era dolcemente adagiato sopra Selvaggia e la baciava sul collo. Sarà stato il desiderio fortissimo saranno stati i baci sul collo ma Selvaggia dopo pochi minuti raggiunse un orgasmo favoloso. Ale continuò ancora per qualche minuto e poi, al limite dell'orgasmo, uscì per adagiare il suo membro tra i seni che teneva stretti con le mani. Selvaggia spostò la testa in avanti per poter accogliere in bocca il pene che fuoriusciva dai seni con un ritmo perfetto. Nel momento esatto in cui Ale stava per raggiungere l'orgasmo Selvaggia continuò con una fellatio che lo portò ad una eiaculazione molto prolungata senza mai fermarsi fino quasi a far collassare Ale in preda ad un infinito piacere. I due restarono abbracciati a letto per un bel po' senza parlare e sempre con i loro corpi nudi che ormai erano diventati un tutt'uno.

Ale, vista l'ora tarda, e senza la benchè minima voglia di staccarsi da Selvaggia, chiese se potesse restare a dormire con lei. Selvaggia accettò alla sola condizione che l'indomani mattina doveva andare via presto per evitare l'arrivo del fidanzato. Fu una notte fantastica. Dormirono stretti senza staccarsi un attimo. Selvaggia aveva la testa poggiata tra la spalla ed il braccio di Ale e gli teneva una mano sul petto con la sua gamba infilata tra le gambe di Ale. Appena sveglia, Selvaggia, ancora nella posizione come si era addormentata, sentì con la gamba che Ale aveva una erezione e, memore di quanto accaduto la sera prima, gli fece avere uno dei risvegli più belli della sua vita con una fellatio mozzafiato che portò Ale ad avere un orgasmo esplosivo.

Per Ale quella fu la – prima – notte più bella della sua vita.

Poco prima delle otto di una domenica di sole Ale uscì dalla mansarda di Selvaggia con lei che lo seguiva con lo sguardo dapprima dalla porta e poi si avvicinò alla finestra e si salutarono con un incrocio di sguardi. Selvy si adagiò di nuovo a letto e, poggiata alla testiera, riviveva le scene che aveva vissuto nelle ultime dodici ore.

Quel ragazzone che fino a qualche settimana prima non esisteva si era palesato nella sua vita e lei non riusciva proprio a farne a meno. Era felice... di una felicità particolare... Ale era dolcissimo e molto sensibile, la riempiva di attenzioni e di coccole... Selvaggia si sentiva amata come mai prima... quel ragazzone con qualche anno più di lei sapeva bene come renderla felice e lei accettava ben volentieri tutte le attenzioni.

Il lunedì, alla ripresa delle lezioni a Napoli, i due si salutarono come sempre per cercare di non far comprendere agli altri partecipanti il loro amore. Del resto erano entrambi fidanzati e molti dei partecipanti erano amici dei rispettivi compagni. La giornata trascorse stancamente tra i tanti richiami normativi elencati dal docente e con entrambi che non appresero assolutamente niente.

Il venerdì della stessa settimana Ale invitò Selvaggia per una pizza a Napoli. La passò a prendere sotto casa e quando Selvy si avvicinò all'auto Ale la vide in tutta la sua bellezza e restò senza parole. Era davvero stupenda nel suo jeans blu aderentissimo con un tacco mozzafiato. Una maglietta di filo bianca con sotto una t-shirt - non indossava il reggiseno e senza sarebbe stata praticamente nuda! – e sopra un giacchino blu chiaro corto alla cintura. Ale teneva stretta a sé Selvaggia mentre camminavano dal parcheggio alla Pizzeria Trianon. Lei era alla sua destra, altissima su quel tacco da vertigini tanto da consentire ad Ale di tenerla stretta con il suo braccio destro sul fianco. Ale si sentiva come il capitano della nazionale nel momento in cui alza al cielo la coppa del mondo. Camminava con sguardo fiero mostrando tutta la sua gioia nell'avere accanto la sua Selvy.

La serata in pizzeria, come del resto tutte le cose belle, passò in men che non si pensi tra risate, racconti di giornate vissute ai corsi e programmi di uscite da fare in futuro con i colleghi, sempre tenendosi per mano. I due ormai erano evidentemente innamorati e non riuscivano a non cercare un contatto fisico ogni volta che era possibile. Il tratto di strada che li avrebbe riportati al parcheggio divenne interminabile! Si fermarono continuamente per soddisfare la loro voglia di baci visto che in pizzeria non avevano potuto. Una volta in macchina Selvaggia continuò ad abbracciare ed accarezzare Ale durante tutta la strada che la riportava a casa. Già sapevano che non sarebbe stato possibile trascorrere la notte insieme e si diedero appuntamento alla serata seguente. La sera dopo, Ale, che aveva lasciato l'auto all'esterno del parco, fece nuovamente i quattro piani di corsa e si ritrovò con Selvy ad attenderlo alla porta con lo sguardo felice e lui con un sorriso a 250 denti!

Appena dentro Selvy lo strinse forte a se e lo baciò come si può baciare una persona amata che non vedi da mesi ma erano passate solo poche ore! I due non riuscivano proprio a staccarsi, le loro labbra erano come calamitate le une all'altra. Questa volta Ale non aveva bisogno della visita guidata, conosceva già molto bene la casa, e si catapultarono direttamente nella camera di Selvaggia. Distesi a letto, ancora vestiti, continuarono a baciarsi senza mai staccarsi. Pian piano sfilarono via i vestiti e si ritrovarono nudi senza aver neanche spostato la coperta dal letto. Ale aveva un desiderio e fece distendere Selvy sul letto davanti a lui, la guardò senza toccarla per pochi secondi e poi iniziò a sfiorarla con i polpastrelli di entrambe le mani prima il seno, poi i fianchi per scendere lentamente verso le gambe. Selvaggia gemeva sul letto ad occhi chiusi e non riusciva a restare ferma con il corpo tanto era il piacere. Ale fece seguire il delicato movimento dei polpastrelli da tanti baci all'interno coscia partendo dalle ginocchia alternandolo a piccoli movimenti della lingua. Arrivato quasi all'inguine si sforzò di non avvicinare subito le sue labbra alla fica di Selvy che, ormai ebbra di piacere, non riusciva più a trattenere i movimenti del suo ventre. Quando Ale avvicinò la sua lingua al clitoride si accorse che Selvy era nel bel mezzo di un piacere intenso. Era bagnatissima e lui sentì sulla lingua il dolce sapore del piacere di Selvaggia. Mentre leccava dolcemente il clitoride, molto delicatamente inserì all'interno della vagina il suo dito medio ed iniziò a muoverlo. Dopo qualche istante inserì anche l'indice e, sempre continuando a muovere delicatamente la lingua sul clitoride, con il palmo della mano rivolto verso l'alto piegò di poco le dita, come per creare un uncino, e le muoveva all'interno di Selvy che era sempre più bagnata.

Ad un tratto Selvy urlò "bastaaaaaaa... *non resisto più, se continui così mi fai godere"* ed intimò ad Ale di smettere e, con fare violento, si alzò e fece distendere Ale al suo posto *"adesso tocca a me –* disse lei *– ho una gran voglia di prendertelo un po' in bocca"* ed iniziò a sbattere forte il pene di Ale mente teneva in bocca, alternandoli, i testicoli. Tutto ciò creava in Ale una sensazione di paralisi, non riusciva a muovere nessun muscolo del corpo e giaceva ansimante sul letto. Pochi minuti e Selvy prese in bocca il pene ed iniziò anche lei a soddisfare il suo desiderio mentre Ale gli teneva le mani all'altezza delle orecchie come a guidare il movimento della testa di Selvy e per fare in modo di controllare un probabile orgasmo. Fermo in quella posizione Ale ben presto si ritrovò con Selvaggia sopra di lui a cavalcioni che con la mano destra introduceva il pene di Ale nella sua vagina bagnatissima. Selvaggia, che in giovane età aveva preso molte lezioni di equitazione, mostrò tutte le sue qualità di amazzone ed iniziò a muovere su e giù il bacino come in un galoppo interminabile tenendosi con le sue mani strette a quelle di Ale a mò di redini. La danza di Selvaggia si concluse con un orgasmo che la portò ad urlare dal piacere e si adagiò sul petto di Ale che intanto continuava a muovere il bacino tenendo sempre il suo pene dentro una sfinita Selvy. Il tempo di recuperare le forze ed ancora in preda al piacere che Ale le provocava con le sue spinte e Selvy si spostò da Ale. Visto ciò Ale adagiò Selvaggia sul letto a pancia in giù, prese un cuscino e una volta piegato in due lo ripose all'altezza del basso ventre di Selvaggia, ed iniziò a penetrarla con forza, proprio come Selvy desiderava, tirandola a se per i fianchi con entrambe le mani. Ale spingeva sempre più forte con Selvaggia che ansimava ed emetteva flebili grida di piacere. Ale raggiunse l'orgasmo strisciando il suo pene tra il sedere di Selvy con schizzi di sperma che arrivarono ai capelli di Selvaggia che si girò e, fedele al suo modo di essere, esclamò *"wuaa, e che sei? A momenti mi facevi lo shampoo!"* e si abbandonarono entrambi ad una fragorosa risata. Ale, con l'aiuto di alcuni strappi di carta di un rotolone ripulì "i danni" creati ai capelli di Selvaggia e poi si adagiò accanto a lei, fissò i suoi occhioni, trattenne per un istante il fiato... *"Ti amo!"* disse Ale a voce bassa e Selvy, presa dall'emozione, lo strinse forte a se quasi a fargli mancare il fiato per poi replicare *"Ale, anch'io ti amo tanto"*.

I due, dopo quasi un mese che si conoscevano, avevano pronunciato per la prima volta quella frase che poneva un sigillo al loro rapporto. Come già capitato il sabato precedente Ale restò a dormire da Selvaggia ma questa volta fu diverso, si sentiva a casa, era più a suo agio e restarono quasi tutta la notte a parlare di loro, raccontandosi tanto della loro vita fino a crollare in un sonno profondo stretti l'uno accanto all'altra.

La mattina seguente Ale si rivestì in tutta fretta, erano quasi le 9 ed il fidanzato di Selvaggia poteva arrivare da un momento all'altro. Ale scese in fretta le scale con Selvaggia che lo seguiva con lo sguardo innamorato dalla finestra. Appena in auto Ale chiamò Selvaggia e continuarono a parlare del più e del meno, era la prima volta nella sua vita che si sentiva così a suo agio a parlare con una ragazza.

Selvaggia, molto più matura della sua giovane età, aveva una dote innata nell'ascolto ed aveva ben presto messo Ale a suo agio nel parlare. La strada che lo riconduceva a casa, grazie alla compagnia telefonica di selvaggia, fu più breve del solito. Quando si rincontrarono il lunedì erano un po' più amorevoli anche agli occhi degli altri e facevano sempre meno per nascondere la loro "simpatia". Il martedì Selvaggia tirò fuori il classico coniglio dal cilindro. *"Sai Ale, giovedì è il mio compleanno ed andiamo con gli amici a mangiare una pizza, ovviamente ci sarà anche Roberto* - il fidanzato - *ma io pretendo che devi esserci anche tu"*. L'incontro era in una pizzeria nei pressi di casa di Selvaggia, zona ormai nota ad Ale, e lui si presentò puntuale come un orologio svizzero. Vestito blu scuro con camicia bianca aperta di due bottoni. Al collo la collana di caucciù che tanto piaceva a Selvaggia e scarpe sneakers basse. Appena lo vide entrare Selvaggia gli andò incontro e lo salutò con un abbraccio molto amichevole che tendeva "all'amorevole" e gli diede un bacio sulla guancia. Ale dopo i primi minuti di evidente disagio si inserì nel gruppo e partecipava attivamente ai discorsi, con lo sguardo fisso verso Selvaggia che faceva altrettanto. L'altra passione di Selvaggia - il canto - la portò ad un certo punto della serata ad impugnare il microfono per cantare una canzone. Il testo era "Brivido Caldo" dei Matia Bazar che lei intonò alla perfezione fissando negli occhi Ale per tutta la durata. Ale non credeva ai suoi occhi ed alle sue orecchie, quella "pazza" di Selvaggia lo stava facendo sul serio! Le aveva detto durante il corso a Napoli *"se vieni ti dedico anche una canzone"* e davvero lo aveva fatto. Dopo poco Ale, approfittando di un momento in cui non c'erano altre persone accanto, si avvicinò a Selvy dicendo *"tu sei davvero pazza ed io ti amo da morire"* e lei, accennando un sorriso *"lo so che sei contento, io sono pazza di te"*.

A fine serata si salutarono da buoni amici ed Ale mestamente rientrò a casa. Era sempre più forte in lui il desiderio di stare con Selvaggia e stava seriamente valutando di interrompere la relazione con Federica – la sua fidanzata – per poter stare liberamente con Selvaggia. Il giorno seguente, al corso, alcuni degli amici si complimentarono con Selvaggia per la sua performance canora e Michela le disse *"Selvaggia, complimenti davvero, hai cantato davvero bene e ci hai messo tanto amore"*!

E si, ci aveva davvero messo tanto amore. Al sentire queste parole Ale accennò un sorrisino che Selvaggia prontamente notò visto che il suo sguardo era perennemente rivolto verso il suo amato Ale. A fine giornata, mentre si salutavano, Selvaggia sussurrò ad Ale *"è inutile che te lo dico, io domani sera ti aspetto a casa. Lo pretendo!"*. Il rientro a casa di Ale quella sera fu diverso dagli altri, per la prima volta aveva visto Selvaggia e Roberto insieme ed aveva provato una strana sensazione, era "geloso"! Non sopportava l'idea di quella persona al suo fianco. Non riusciva a farsene una ragione, ma del resto si erano conosciuti solo da un mese! Il giorno seguente Ale, che ormai stava allontanando sempre più Federica, andò via con una scusa verso le 21 per raggiungere la sua Selvaggia. Il percorso verso casa di Selvaggia era una vera e propria corsa contro il tempo. Arrivato da Selvy scatta il solito rituale con l'auto lasciata lontana dall'entrata del parco e Ale che entrava nel parco appena ricevuto l'ok da parte di Selvy. I quattro piani fatti in tutta fretta con Selvaggia ad attendere l'arrivo del sorridente Ale sull'uscio della porta! Questa sera però non sarebbe stata come le precedenti! Selvaggia attese Ale indossando una vestaglia rosa e bianca leggermente trasparente che lasciava intravedere quello che c'era sotto! Niente! Si, Selvy attese il suo Ale praticamente nuda e appena lui entrò disse

"questa sera sono più eccitata del solito, non vedevo l'ora che arrivassi, stavo impazzendo!"...

Ale strinse a sé Selvaggia, che intanto aveva aperto la sua vestaglietta, e la sollevò come a prenderla in braccio. Lei si strinse al collo di Ale ed alzò le gambe sui suoi fianchi. Ale la portò sul letto e lei gli sfilò subito il maglione mentre lo baciava e poi iniziò a graffiarlo con le unghie dietro la schiena come in preda ad una carica erotica senza precedenti. Ale allungò la mano destra tra le gambe di Selvaggia e notò che era bagnatissima, si staccò solo per un attimo per togliere le scarpe e sfilare il jeans restando in boxer in piedi davanti a Selvy che, notando l'erezione di Ale disse *"ma che fai?"* e sfilò il boxer facendo vibrare con l'elastico dello stesso il pene di Ale che era teso come una corda di violino! Con Ale ancora in pedi Selvaggia, che intanto si era seduta sul bordo del letto, iniziò a "giochicchiare" con la lingua sul glande, cosa tanto gradita ad Ale. Lo faceva in modo divino alternando ingoi fino alla gola a giochi con la lingua che facevano correre un brivido lungo la schiena di Ale. Mentre con la mano sinistra teneva stretto a se il duro pene con la sinistra massaggiava i testicoli oppure la spostava dietro al sedere per spingerlo tutto dentro quando lo prendeva in bocca. Dopo qualche minuto Selvaggia disse *"stenditi a letto ed aspetta un attimo"* ed uscì dalla stanza per rientrare dopo pochi secondi con in mano un contenitore di crema corpo della Nivea!

"Questa dovrebbe andar bene" disse, lasciando interdetto Ale. Ne mise un po' sulla mano destra ed iniziò a massaggiare il pene

di Ale, poi salì a cavalcioni e, dopo aver preso altra crema sulle dita della mano se la cosparse vicino l'ano! Aiutandosi con la mano destra fece entrare lentamente il pene che scivolò proprio come lei aveva previsto. Ale provò una sensazione mai provata. Sentiva che era stretto, molto stretto, ma Selvaggia lentamente scese su di lui fino a farlo entrare tutto dentro. Dopo pochi secondi in cui restò praticamente ferma in quella posizione, Selvaggia iniziò a muoversi, dapprima lentamente per poi accelerare sempre più in preda all'estasi di un rapporto anale per nulla doloroso e che le stava procurando un piacere immenso. Ale intanto con il dito medio della mano destra iniziò a stimolarle il clitoride e lei aumentò la velocità dei colpi fino a raggiungere un esplosivo orgasmo mentre stingeva forte le mani alla gola di Ale fino quasi a togliergli il respiro. Ale, preso dalla situazione, inizio a spingere forte. Sempre più forte. Ed ebbe una eiaculazione nell'ano di Selvy che si abbandonò su di lui trattenendo dentro di lei il pene ancora duro!

"E' stato bellissimo!" esclamò Selvaggia mentre Ale era letteralmente senza parole ancora in preda ad un piacere mai provato prima. Fare l'amore con Selvaggia aveva un qualcosa di diverso e non era mai meccanico e monotono. I due mettevano tutta la passione ed il vigore della loro giovane età unita ad una fantasia fuori dal comune per esperienze sempre uniche! Selvaggia lentamente lasciò uscire il membro di Ale e si adagiò al suo fianco accarezzandogli il viso dolcemente, seguendo i lineamenti, sfiorava le labbra con i polpastrelli, e poi avvicinò le sue labbra per un bacio.

Ale, fissandola nella penombra della cameretta, disse *"Selvy, stare con te mi dà i brividi. Sento di aver trovato l'amore che ho sempre cercato ed ho preso una decisione"* lasciando Selvaggia senza parole.

"Amore mio! Cosa hai deciso" disse Selvaggia dopo qualche secondo di silenzio.

"Io voglio stare con te, con Federica non sto bene ed ho deciso di lasciarla. Con te provo sensazioni mai provate prima e non mi va di continuare la storia con lei!" affermò Ale facendo cadere in uno strano silenzio Selvaggia. Selvaggia non aveva messo in conto la possibilità di lasciare Roberto e questa affermazione di Ale la lasciò interdetta. Lui stava per abbandonare la sua fidanzata per lei e di sicuro, di lì a poco, avrebbe chiesto a lei di fare altrettanto. Dopo qualche istante di silenzio Selvaggia replicò ad Ale *"Ti Amo! Con queste tue parole mi rendi davvero felice. A dire il vero non me lo aspettavo. Se devo essere sincera io non mi sento pronta a fare altrettanto ma ti prometto che lo farò e noi staremo insieme".*

Le parole pronunciate da Selvaggia risuonavano nella testa di Ale come un mantra! Allora, lo lascia o non lo lascia?, continuò a chiedersi tra se e se nelle ore seguenti. La notte trascorse con i due abbracciati avvolti nei reciproci pensieri. La mattina seguente nessuno dei due toccò l'argomento e, dopo un veloce caffè, Ale scappò letteralmente via da casa di Selvaggia. Stava prendendo l'abitudine di trattenersi sempre più ed il rischio di incrociare Roberto, che ormai lo conosceva e non poteva certo passare inosservato, era sempre più alto.

Ale, rientrato a casa, si rinchiuse nella sua camera senza rispondere neanche alle molteplici chiamate di Federica. Non aveva voglia di vedere e sentire nessuno, voleva restarsene li, avvolto nei suoi pensieri, a meditare sul da farsi, anche se in cuor suo una decisione l'aveva già presa ma la reazione di Selvaggia lo aveva spiazzato. La domenica trascorse stancamente con Ale che faceva la spola tra la camera e la cucina senza sentire ne Federica, perché non gli andava proprio, e neanche Selvaggia che era con Roberto.

Verso le 17 squilla il cellulare, Ale guarda il chiamante, "Selvaggia"! Oh mio Dio, che sarà successo? Prende fiato e risponde. *"Ciao Selvaggia, come va? Che piacere sentirti!"* ... *"Ciao Ale, tutto bene. Sono in giro con Roberto e parlavamo di te, che sei stato davvero molto carino a venire alla festa nonostante eri solo e se ti fa piacere ti aspettiamo, siamo in giro per il lungomare e prendiamo un gelato insieme!"*..

Ale stentava a credere a quella telefonata. Selvaggia stava osando, stava andando oltre la sua immaginazione, tanta era la voglia di vederlo che aveva coinvolto nel gioco anche Roberto. *"Certo che mi fa piacere* – rispose Ale – *ovviamente mi dovete dare il tempo di raggiungervi"*...

"Dai, fai presto, noi ti aspettiamo. Quando arrivi mi chiami e ti dico dove siamo"...

Ale si vestì in tutta fretta, era troppo forte il desiderio di Selvaggia ed avrebbe fatto qualsiasi cosa pur di stare con lei. In men che non si dica Ale era sul lungomare e chiamò Selvaggia. Si incontrarono proprio davanti al bar "Nettuno" e presero un gelato tutti e tre.

"Dai, facciamo un giro – disse Selvaggia – *che facciamo fermi qua!"*... I tre si incamminarono per il lungomare e Selvaggia camminava tenendo abbracciato alla sua sinistra Roberto ed alla sua destra Ale. Lo teneva stretto e con la mano lo tirava verso di lei mettendo in non poca difficoltà Ale che temeva in una qualche reazione di Roberto. Passeggiarono così per un bel po' e Roberto non si accorse assolutamente di niente nonostante tutte le attenzioni di Selvaggia erano rivolte ad Ale che era felice come

una pasqua.

Il tempo passò in fretta e verso le 21

"Dai Ale, che ne dici se mangiamo una pizza insieme?" disse Selvaggia, ma Ale non se la sentì di accettare e con una scusa

"Grazie Selvaggia, ma proprio non ho fame. Dai, vi lascio alla vostra pizza, ci vediamo domani in aula"

e andò via salutando con una stretta di mano Roberto e con un caloroso abbraccio Selvaggia. Appena in aula la mattina seguente Selvy si avvicinò ad Ale e con voce flebile sussurrò

"grazie che sei venuto ieri, avevo una gran voglia di vederti ed ho detto a Roberto... Sai Ale è proprio una cara persona, sempre gentile con tutti noi, proprio quello che si definisce un bravo ragazzo! Che dici, lo chiamiamo e vediamo che sta facendo? E lui ha acconsentito"...

"Mi hai fatto una sorpresa bellissima" rispose Ale, *"non me lo aspettavo ma quando me lo hai chiesto non stavo più nella pelle... ho rischiato diversi incidenti per correre subito da te ma ne è valsa la pena, è stato un pomeriggio bellissimo"*.

Ale e Selvaggia quel giorno, contrariamente alle altre volte che si erano seduti distante, si sedettero vicini. Quello fu solo il primo giorno, visto che anche nei giorni a seguire restarono sempre seduti l'uno accanto all'altra, la qual cosa li distraeva e non poco da quelle che erano le lezioni. Il blok notes destinato agli appunti divenne una lavagna dove si inviavano messaggi. La lezione passò tra un "ti amo" ed un "ho tanta voglia di te".

"Che ne pensi se passo a prenderti e andiamo a fare un giro?" chiese Ale a Selvaggia la mattina di un soleggiato giovedì.

"Ma certo amore mio, il tempo che tu arrivi a casa mia ed io sarò pronta" rispose Selvaggia.

Ale passò dopo circa mezz'ora e Selvaggia si palesò in tutto il suo splendore. I suoi occhi avevano una luce speciale! Ale aveva una "voglia"! A circa mezz'ora di macchina da casa di Selvaggia c'era un paesino molto noto per la sua mozzarella, ed era li che erano diretti. Ale si fermò in un noto caseificio e comprò delle mozzarelle. Rientrò in macchina con Selvaggia che lo guardava incantata. Andarono via dal parcheggio del caseificio ed andarono con l'auto praticamente sulla spiaggia, visto che si trovava a poche centinaia di metri. Scesero dall'auto per ammirare l'immensità del mare e per consumare la prelibatezza appena comprata. Ovviamente il tutto andava fatto rigorosamente con le mani! Un veloce sguardo d'intesa e Ale prese la prima dalla busta, con Selvaggia che lo seguì a ruota. Quelle mozzarelle avevano un sapore speciale e, se consumate con la persona amata in riva al mare, diventano divine! Erano li, a fissarsi negli occhi sorridenti, ed il siero del latte che scorreva sulle guance di entrambi. Mai gesto fu più sensuale del mangiare la mozzarella con le mani. Selvaggia era euforica e felicissima del momento che stava vivendo. Ancora con le guance impregnate di latte si abbandonarono ad un bacio carico di passione. Restarono in auto per diverse ore ad ammirare il mare tenendosi stretti e scambiandosi baci e carezze.

All'inizio del mese di dicembre le lezioni si interruppero per le festività natalizie e Selvaggia ne approfittò per tornare a casa dai genitori. La maggiore distanza non fece però di certo allontanare Ale il quale faceva ogni volta oltre un'ora di viaggio in macchina anche solo per un bacio con la sua amata. La sua assenza fece scattare in Ale la decisione definitiva di lasciare Federica dopo diversi anni di fidanzamento. Si rese definitivamente conto che con Selvaggia c'era molto di più. Per la prima volta nella sua vita stava sperimentando sulla sua pelle il vero amore e decise di mollare la sua vecchia fiamma per una "vita" con Selvaggia. Il tutto avvenne proprio una sera in cui Ale doveva raggiungere Selvaggia, dapprima passò da Federica e le disse che non l'amava più e che la loro relazione era finita già da un bel po'. Con la freddezza glaciale, di un uomo che ormai non provava assolutamente più niente, la lasciò a casa e raggiunse di corsa Selvaggia. Giunto da lei le disse

"amore mio, da questa sera sono solo tuo. Tutto tuo. Ho lasciato definitivamente Federica"...

Selvaggia scoppiò in lacrime, non si sarebbe mai aspettata un gesto simile da parte di Ale, specialmente in un tempo così ristretto, ma era contentissima e le sue erano lacrime di gioia! Fermi in macchina in un posto buio ed appartato, Selvaggia diede un bacio interminabile ad Ale per fargli comprendere tutta la sua gioia per la decisione presa e poi disse

"ti prometto che presto lo farò anch'io"!

Le altre sere si erano incontrati solo per vedersi e per un bacio, ma quella sera era diverso. Erano entrambi super eccitati e Selvaggia fece lentamente scivolare la mano in mezzo alle gambe di Ale e notò un certo rigonfiamento e senza pensarci sbottonò il jeans ed iniziò a baciarlo dappertutto. La statura dei due non gli consentiva di stare comodi sui sediolini anteriori e decisero di spostarsi su quelli posteriori. Selvaggia continuava a deliziare Ale con la bocca e lui infilò la mano destra sotto la gonna ed iniziò, con l'indice ed il medio, a massaggiare il clitoride. Selvaggia era bagnatissima ed eccitata da morire e fece mettere Ale al centro del sediolino e salì a cavalcioni su di lui e, aiutandosi con la mano, infilò il duro membro nella sua vagina che era al limite dell'orgasmo. Quella condizione di rischio intrigava ancora più Selvaggia che iniziò a cavalcare come piaceva a lei. Aveva il pieno controllo della situazione e gestiva alla grande il ritmo con continue accelerazioni per poi rallentare quando sentiva l'approssimarsi dell'orgasmo per allungare sempre più il piacere. I testicoli di Ale stavano per esplodere dal piacere ma Selvaggia continuava con forza a spingere il membro dentro di lei emettendo gemiti di piacere ad ogni spinta. Ale aveva la mandibola contratta e fece tutti gli sforzi possibili per trattenere l'eiaculazione. Ad un tratto Selvaggia diede un morso all'orecchio di Ale e disse *"non resisto più, vengo. Vengo. Vengoooooooooo"* e spinse con tutte le sue forze dentro di lei il pene bollente di Ale fino a raggiungere un orgasmo mozzafiato. Si fermò per qualche istante sopra di lui e poi, come in preda ad un raptus, si spostò ed iniziò a prenderglielo in bocca ancora tutto bagnato del suo "piacere". Iniziò a succhiare mentre stringeva i testicoli. Ale si lasciò andare ad una esplosione di piacere mentre selvaggia continuava a succhiare forte costringendolo a vere e proprie urla di piacere!

Restarono abbracciati sul sediolino posteriore per diversi minuti. Erano entrambi ebbri di piacere e non avevano alcuna intenzione di rivestirsi. Le coccole di quella sera avevano un sapore diverso, in entrambi era scattata una molla e, pur vivendo sensazioni diametralmente opposte, avevano il cuore pieno d'amore. Selvaggia guardava Ale con occhi diversi mentre ad Ale era bastata quella corsa in auto per raggiungere Selvaggia per fargli dimenticare la presenza nella sua vita di Federica.

Come già aveva fatto le altre volte, riaccompagnò Selvaggia fin quasi sotto casa facendo attenzione a restare lontano da occhi indiscreti che avrebbero potuto facilmente notare un "estraneo" che accompagnava in auto Selvaggia che era conosciuta praticamente da tutti nel piccolo paesino. Durante il viaggio di ritorno Ale guidò molto piano, assorto com'era nei pensieri di cosa girasse nella testa di Selvaggia dopo che aveva saputo della sua separazione definitiva da Federica. Quando, dopo oltre due ore, arrivò a casa, come faceva sempre inviò un sms a Selvaggia *"sono a casa amore mio"* e lei prontamente rispose *"mamma mia, mi stavo preoccupando, questa sera hai impiegato molto più tempo delle altre volte! Tutto bene?"*...

"sisi amore, sono semplicemente andato molto più piano" rispose Ale...

"Ok. Dai mi metto a dormire tranquilla – disse Selvaggia - adesso che sei arrivato. A domani. Notte"...

"Buonanotte anche a te amore. A domani. Ti amo"...

I messaggi di Selvaggia tranquillizzarono ulteriormente Ale. Aveva usato un tono di chi è realmente presa e ci tiene davvero tanto, e si mise a dormire tranquillo! Al mattino, appena sveglio, prese il cellulare per inviare il suo solito messaggio a Selvaggia e, appena acceso, trovò...

"Buongiorno amore mio! Ti ho pensato tutta la notte. Voglio stare con te per tutta la vita!"...

Quello fu per Ale un risveglio bellissimo, aveva gli occhi che sorridevano e scrisse a Selvaggia

"Buongiorno Amore. Mi hai donato un risveglio bellissimo. Grazie. Anch'io voglio una vita con te!"..

Ale quella domenica si vide con gli amici di una vita e informò tutti che aveva interrotto la relazione con Federica perché ormai era da tempo che non andavano più d'accordo e forse l'unica decisione era quella di dividere le loro strade. Gli amici, completamente all'oscuro della storia di Ale con Selvaggia, ebbero pareri discordanti sulla decisione presa. Ci fu chi disse "era ora, ancora non mi spiego come hai fatto a resistere per tanto" e chi non approvò appieno la sua decisione dicendo "ma comunque Federica è una brava ragazza!"... Ale diede ad ognuno di loro una spiegazione, senza mai infierire su Federica, non era proprio nel suo modo di fare. Per lui la storia era ormai conclusa e voleva semplicemente mettere fine alla presenza di Federica nella sua vita e solo per questo aveva deciso di dirlo subito agli amici in modo da evitare inutili chiacchiericci. Quella domenica per Ale fu il giorno "zero" di una nuova vita, quella vita che lui sognava al fianco di Selvaggia. Le vacanze natalizie trascorsero per i due tra messaggi, chiamate interminabili e corse in auto di Ale anche solo per dare un bacio alla sua Selvaggia.

Alla ripresa delle lezioni a Napoli i due si salutarono come due "colleghi" che non si vedevano da quasi un mese, fingendo di raccontarsi, con tanti sorrisini di complicità, come erano andate le festività. A fine giornata Ale chiese a Selvaggia se poteva raggiungerla la sera e lei disse *"a me fa immensamente piacere ma c'è Roberto e non so se va via oppure resta a dormire da me. Tu vieni e aspetta in auto, se lui va via io ti avviso e sali sù"*...

Le affermazioni di Selvaggia lasciarono di stucco Ale il quale però, non volendo perdere nessuna occasione per stare con la persona che amava rispose

"ok. Io verso le 23 sarò fuori casa tua, se mi avvisi salgo altrimenti vado via"... E così fece.

Alle 23 in punto era già fermo in macchina nei pressi del parco di Selvaggia. I minuti passavano con una lentezza incredibile con Ale che guardava continuamente il cellulare per verificare se aveva campo. Accese e spense il cellulare più volte senza alcun esito. Dopo oltre due ore di attesa, quando ormai erano passate da un po' l'una decise che forse era il caso di andar via, quella notte Selvaggia l'avrebbe trascorsa con Roberto. Fu la prima volta in assoluto in cui Ale provò una sensazione mista di rabbia e gelosia. Nella sua testa ormai dava per scontato che poteva stare con Selvaggia ogni volta che desiderava ma così non era e lo aveva provato sulla sua pelle quella notte. Il giorno seguente Ale arrivò al corso ancora assonnato per le poche ore di sonno e con un senso di dispiacere dipinto in volto. Selvaggia, da donna intelligente qual era, creò subito le condizioni per parlare da sola con Ale e gli spiegò che purtroppo non era riuscita in alcun modo di liberarsi di Roberto e non aveva neanche avuto modo di avvisarlo ed era dispiaciuta per l'accaduto. Ale rispose con un sintetico *"OK"* facendo comprendere appieno il suo disappunto. Durante tutta la giornata si comportarono freddamente entrambi, ognuno aveva le sue ragioni per esserlo ma le singole motivazioni non erano accettate dall'altro. A fine giornata, mentre tutti stavano per andare via, Selvaggia disse ad Ale *"aspetta, fai andare via prima gli altri, devo dirti una cosa"*... e Ale, desideroso com'era, lasciò andar via tutti con la scusa di andare alla toilette. Appena tutti erano andati uscirono anche loro e presero l'ascensore insieme. Appena le porte si chiusero dietro le loro spalle Selvaggia tirò a se Ale e gli diede un bacio mozzafiato ed esclamò *"a volte sei proprio scemo, ma lo vuoi capire che ti amo un casino! Comunque questa sera ti voglio a casa, vieni tranquillamente, so io come fare per non far venire Roberto"*. Selvaggia aveva ben compreso la rabbia e la delusione di Ale per le ore trascorse invano in macchina in attesa di un suo cenno che non era mai arrivato. Lo amava davvero tanto ma non sapeva ancora bene come comportarsi con Roberto. Appena fuori si ritrovarono con il resto del gruppo con Ale che, in tutta fretta, prese un fazzoletto di carta per eliminare dalle labbra il rossetto che le aveva lasciato Selvaggia prima di accodarsi agli altri per percorrere insieme la strada che li avrebbe riportati al capolinea degli autobus. Selvaggia era la più bella e solare del gruppo. Era sempre al centro delle attenzioni di tutti, specialmente dei ragazzi del gruppo, e la cosa creava un po' di gelosia in Ale anche se faceva di tutto per non lasciarlo trasparire. In molti momenti, volutamente, non erano vicini ma gli occhi di entrambi si cercavano continuamente, come per dire "io ci sono" e per rassicurare l'altro.

Ale, non avendo il vincolo di Federica e sicuro di trovare Selvaggia da sola, arrivò da lei verso le 20. Le scale dei quattro piani, come di consueto, fatte in tutta fretta e Selvaggia che lo attendeva alla porta! Il sorriso di Ale coinvolgeva ogni volta anche Selvaggia che nel vederlo arrivare già immaginava i suoi occhi che la fissavano e sorridevano insieme alle sue labbra. Appena chiusa la porta alle loro spalle Ale strinse forte a se Selvaggia in un abbraccio tanto stretto da farle mancare il fiato. *"Che dici* – disse subito dopo Ale – *scendiamo ed andiamo a mangiare qualcosa da qualche parte?"*. Quella proposta sorprese Selvaggia che non era per niente pronta e tentò di far cambiare idea ad Ale il quale ribatté *"ma dai, muoviti, metti qualcosa e scendiamo"*. E così fu. Ale scese per primo ed attese Selvaggia in auto. Appena entrò in auto la baciò come si bacia una persona che non vedi da tanto!

"Dove andiamo?" disse subito Selvaggia.

"Mi hanno detto che proprio da queste parti c'è un PUB che fa degli ottimi panini, che dici, ti va?".

"Va benissimo".

Neanche due minuti ed erano già al Pub. Entrarono mano nella mano, per Ale era come un sogno che si stava realizzando. Poter andare a prendere Selvaggia a casa ed andare in giro tranquilli da soli era per lui il primo gradino verso quel sogno di una vita con lei. Il cameriere li guidò ad un tavolo per due abbastanza appartato. Il locale era semivuoto vista la giornata infrasettimanale ma Ale e Selvaggia vivevano in un mondo tutto loro e non fece alcuna differenza. Sarebbero stati soli anche in un locale pieno zeppo di clienti. Scelsero subito i panini ed Ale prese una birra mentre Selvaggia prese una coca. Nel Pub c'era una buona musica di sottofondo e Selvaggia passò quell'ora canticchiando e fissando negli occhi il suo Ale. Era davvero contenta di aver accettato la proposta.

Poco dopo le 21:30 Ale pagò il conto ed uscirono dal Pub stretti stretti come due fidanzatini adolescenti.

"Andiamo a casa?" disse Ale appena in auto.

"Certo - rispose Selvaggia. Dove vorresti andare? Andiamo a casa ed anche di corsa. Ho una gran voglia di te".

Arrivati al parco Selvaggia scese subito e si avviò sopra con Ale che la seguì dopo qualche minuto. Ale rifece quelle scale di nuovo di corsa ed arrivò, se possibile, con un sorriso ancora più smagliante. Selvaggia lo strinse a se e lo trascinò in camera. Gli sfilò subito via il giubbino ed il maglioncino. Ale notò che sul comodino Selvaggia aveva già preparato la "crema" ed iniziò ad andare di fantasia. Selvaggia aveva una gran voglia e lui era già molto eccitato solo al pensiero di quello che stava per accadere. Ogni volta che i due si ritrovavano a letto era come la prima volta. Una carica sessuale incredibile li pervadeva. Ale si ritrovò nudo, disteso sul letto, nel giro di pochi secondi con Selvaggia che lo stringeva e lo baciava su tutto il corpo facendolo andare in estasi. Selvaggia sfilò via i pantaloni e la maglietta e rimase solo con slip e reggiseno. Si distese nuovamente vicino a lui con la gamba destra intrecciata alla sinistra di Ale. Lo accarezzava dolcemente sul petto mentre lo baciava sul collo. Le mani di Selvaggia scrutavano ogni angolo del corpo di Ale quando, volutamente, si ritrovarono a contatto con il membro grande e duro di Ale. Lo strinse forte ed inizio a sbatterlo. Sentiva che Ale si abbandonava a lei e la lasciava fare come immobilizzato dalla spinta erotica di Selvaggia. Dopo pochi minuti però Ale non riuscì più a restare fermo e con la mano destra iniziò a percorrere la schiena di Selvaggia provocandogli un brivido di piacere. Lei si staccò dal collo di Ale e si diresse verso il pene ed iniziò a baciarlo mentre lo teneva stretto ed Ale la invitò dolcemente a spostarsi con le gambe verso la sua bocca per poter fare altrettanto. Aveva voglia di sentire Selvaggia che si bagnava tra le sue labbra e poter sentire il suo dolce piacere. Selvaggia aprì le gambe e si avvicinò alla faccia di Ale mentre lui le accarezzava dolcemente il sedere da pin-up con entrambe le mani. Selvaggia si adagiò su Ale facendogli sentire il seno sull'addome e continuava a tenere stretto il membro in mano mentre con la lingua ruotava sul glande e spingeva la sua vagina verso la bocca di Ale il quale strinse forte i glutei con entrambe le mani ed iniziò con la punta della lingua a stimolare il clitoride. Appena Ale iniziò Selvaggia emise un gemito di piacere e spinse in bocca il pene facendolo arrivare fino alla gola restando quasi senza fiato e con ritmo coordinato muoveva le labbra della sua vagina tra la lingua e le labbra di Ale. Ad un tratto Selvaggia scattò in piedi, *"bastaaaaaaa"* urlò! Si mise a cavalcioni su Ale e si lasciò penetrare fino in fondo spingendo forte mentre Ale le accarezzava dolcemente il seno stimolando con il palmo della mano i capezzoli turgidi. Selvaggia si muoveva con un ritmo forsennato ad occhi chiusi nella penombra della stanza e pian piano si adagiò su Ale che le accarezzava il viso. Selvaggia ad un tratto allunga la sua mano sinistra per prendere la crema che aveva preparato sul comodino e ne cosparge un bel po' all'ano e disse *"dai, entra dentro e non uscire fino a quando non abbiamo goduto entrambi. Spingi forte!"*.

Ale non si lasciò pregare ed entrò. Dapprima lentamente e poi iniziò, con la complicità di Selvaggia, a spingere sempre più forte mentre con l'indice della mano destra le stimolava il clitoride! Il connubio ano-clitoride portò Selvaggia ad urlare di piacere con Ale che aumentò il ritmo fino a venire, come desiderava Selvaggia, dentro di lei. Lei si abbandonò, rilassata, sul petto di Ale dandogli centinaia di baci sulla guancia. Dopo pochi minuti, con l'aiuto dell'immancabile rotolone di carta, Selvaggia lasciò uscire il pene e si distese accanto a lui. Erano entrambi distesi sul fianco e Ale le accarezzava il viso seguendo tutti i lineamenti infilandogli la mano tra la cascata di ricci. Restarono così per tanto, semplicemente guardandosi entrambi negli occhi e senza parlare. In quei momenti le parole sono un dettaglio, a parlare sono quei piccoli gesti.

Intanto si erano fatte ormai le due ed Ale disse *"Selvy, io mi sa che devo andar via! Domani mattina abbiamo il corso e conviene che torno a casa"* e si alzò per andare a fare una rapida doccia con Selvaggia che lo seguì, ancora nuda, e si sedette in bagno per guardarlo. Non voleva perdersi neanche un istante della sua presenza. Appena uscito dalla doccia gli passò un telo e mentre Ale si asciugava si avvicinò e lo strinse forte. Avrebbe voluto tanto tenerlo con se per tutta la notte e quello era il gesto, senza alcuna parola, per dire "vai pure via, ma io ti avrei tenuto ben volentieri con me!".

Ale con calma si rivestì ed andò via.

"Tra due minuti ti chiamo e ti tengo compagnia fino a casa"

disse Selvaggia mentre Ale la salutava prima di uscire. E così fece. Neanche il tempo di salire in auto che il cellulare iniziò a squillare.

"Eccomi! Sei in macchina?" disse Selvaggia.

"Sìsì, appena entrato. Sto andando via proprio adesso" rispose Ale.

"Bene. Prima non ti ho detto niente ma lo sai bene che a me avrebbe fatto davvero tanto piacere poter passare la notte con te, ma mi rendo conto che poi domani mattina sarebbe stato un problema andare in aula. Sai Ale, io ho pensato tanto alla decisione che tu hai preso di lasciare Federica, voglio solo dirti che devi stare tranquillo che presto anch'io farò lo stesso con Roberto e potremmo finalmente vivere tranquillamente insieme. Dammi solo il tempo di trovare il momento giusto e lo farò". Selvaggia pronunciò le parole che Ale desiderava sentire. Voleva sentirsi sicuro che anche lei avrebbe preso la decisione al più presto.

"Mi fa davvero tanto piacere sentirti dire questo. Io ci conto. E con te che voglio stare. Sto vivendo una fantastica favola e mi farebbe piacere poterla vivere fino in fondo" rispose. Il viaggio in macchina con la compagnia al telefono di Selvaggia fu davvero breve e rilassante. Fu il momento delle confidenze. Ripercorsero insieme la serata trascorsa come per rivivere quei momenti di gioia. Tra una risata ed un ti amo Ale arrivò a casa. *"Eccomi, ci sono. Sono arrivato. Amore mio ci vediamo domani in aula. Tienimi stretto a te questa notte."* disse Ale.

"E ti sembra facile – rispose Selvaggia con la sua solita verve *– se non ci sei non ci sei! Posso anche abbracciare il cuscino, ma non sei tu. Dai, ci vediamo domani mattina. Buon riposo amore mio"*...

"Recupereremo queste notti non trascorse insieme. Ti Amo Selvy. A domani" rispose Ale mentre si apprestava a chiudere l'auto per salire a casa. Quelle poche ore di sonno trascorsero in fretta e la sveglia come per le altre volte andò ad interrompere i loro sogni. Durante il viaggio in pullman che lo portava a Napoli, Ale inviò un messaggio a Selvaggia

"Buongiorno amore. Mi aspetti al solito bar per la colazione insieme?" e la risposta non si fece attendere

"Buongiorno a te, amore mio. Certo che ti aspetto. Fai presto!". Ale arrivò al bar quasi insieme a Selvaggia che quella mattina sembrava ancora più bella del solito con il suo jeans, la camicetta bianca leggermente sbottonata che lasciava intravedere le sue grazie ed uno stivaletto con il tacco. Consumarono la colazione al banco con due cornetti ai cereali, un caffè per Ale ed un succo per Selvaggia. Ale non smise per un attimo di guardare la sua Selvaggia, ai suoi occhi era ancora più bella del solito, ed a quanto pare non solo ai suoi occhi visto che anche i molti avventori del bar non potevano fare a meno di lanciare uno sguardo a quella ragazza che si era palesata nel Gran Caffè Cimmino ed aveva calamitato gli sguardi di tutti. Come auspicabile furono gli ultimi ad entrare in aula, con la formatrice che aveva già iniziato la sua lezione. I due si scusarono per il ritardo ed andarono a sedersi in fondo all'aula, da soli, all'ultima fila. Avevano una gran voglia di restare soli tanto che di quella giornata di aula portarono a casa solo la pausa pranzo! Si, solo la pausa pranzo, perché arrivati al momento della pausa Ale disse

"Selvy, io non ho proprio fame, che ne dici se andiamo a fare un bel giretto in villa?"...

"Benissimo, mi hai letto nel pensiero" rispose Selvaggia stringendogli la mano.

I due dissero alla restante parte del gruppo che non sarebbero andati a pranzo, ognuno con una scusa, e si allontanarono. Una volta all'interno della villa comunale Ale prese la mano di Selvaggia e la strinse forte. Dopo pochi passi la tirò a se e continuarono a camminare con Ale che con il braccio destro la teneva stretta per i fianchi e Selvaggia faceva altrettanto. Ad un tratto si fermarono. Ale prese tra le mani il volto di Selvaggia e la baciò. Fu un bacio bellissimo. Con lui che le accarezzava la cascata di riccioli e lei che lo teneva stretto per la schiena. Dopo poco i due scelsero una panchina al sole e leggermente appartata e si fermarono. I loro sguardi non avevano bisogno di tante parole a corredo e subito, sorridendo, Ale baciò di nuovo Selvaggia. Fu quella l'occasione per rivivere la serata precedente al Pub, del resto era la prima serata che avevano trascorso come due fidanzati, entrambi liberi da vincoli.

Nel corso della loro piacevole chiacchierata Selvaggia disse

"sai Ale, domenica ho visto in Tv Paola Barale che aveva un cagnolino piccolissimo nella borsetta, non so se era un chiwawa o un pincher ma a me piace tantissimo"... al solo sentire queste parole Ale già iniziò a fantasticare ed a pensare a come fare per poter sorprendere Selvaggia. E qualche buona idea era arrivata subito.

Dopo un po' Ale guardò l'orologio e

"ma come vola il tempo, sembra che siamo arrivati adesso e tra 20 minuti già dobbiamo rientrare",

"infatti – rispose Selvaggia – che ne pensi se andiamo a fare un giretto sul lungomare e poi rientriamo?"...

a questa domanda Ale non rispose neanche, le prese semplicemente la mano e dandole un amorevole "bacetto" disse *"andiamo"* e si incamminarono sempre stretti tra loro verso il lungomare. La giornata di sole era davvero invitante ed i due stavano seriamente pensando di inventarsi qualcosa e non rientrare a lezione, stanchi com'erano per le poche ore di sonno, avrebbero rischiato davvero di addormentarsi. Poi però la ragione ebbe la meglio sul cuore e dopo un bacio si incamminarono verso la sede del corso per evitare di arrivare in ritardo anche al rientro dal pranzo, dopo il ritardo mattutino. Il pomeriggio trascorse stancamente in aula con i due che, a fine giornata, si guardarono negli occhi e dissero quasi in contemporanea *"ma tu ci hai capito qualcosa?"* e giù con una grassa risata. Appena arrivato a casa Ale si mise subito in contatto con un amico per cercare il cucciolo che piaceva a Selvaggia e si accordarono per un caffè in un bar in centro per parlarne di persona.

"Ho promesso ad un'amica che le avrei regalato un cucciolo di chiwawa o pincher, sai con chi possiamo parlare in zona?" furono le prime parole che Ale disse all'amico Carlo dopo averlo salutato...

"Conosco un posto dove forse possiamo trovarlo. Domani, appena rientri, vieni a prendermi che ci andiamo".

E ovviamente Ale il giorno seguente rientrò da Napoli in tutta fretta, aveva da confezionare la sorpresa a Selvaggia. Purtroppo però le ore trascorse in giro con l'amico Carlo non diedero i frutti sperati e tornarono a casa a mani vuote. Come era auspicabile Ale non si arrese ed iniziò un nuovo giro di telefonate. Ormai erano una decina gli amici che sapevano che Ale aveva promesso un cucciolo ad un "amica"! Da tutti aveva ricevuto la promessa che ci avrebbero provato ed avrebbero chiesto a tutti i contatti possibili. Ale era stato sempre molto disponibile con tutti e gli amici non si fecero minimamente pregare per dargli una mano. La mattina seguente, appena arrivato in aula a Napoli, Ale notò in Selvaggia uno sguardo strano, non era la solita Selvaggia, c'era qualcosa che non andava. Si avvicinò per salutarla e lei *"Buongiorno! Non hai niente da dirmi?"* disse guardando fisso negli occhi Ale, il quale non riusciva proprio a comprendere a cosa si riferisse la sua Selvaggia! *"e cosa dovrei dirti? Non so! Non ho idea!"* rispose Ale prendendo posto proprio accanto a lei. Durante tutta la mattinata Selvaggia non rivolse mai lo sguardo verso Ale e ad ogni sua domanda rispose sempre "dopo parliamo"! Arrivati alla pausa pranzo Ale prese Selvaggia per un braccio e disse

"tu adesso mi dici che sta succedendo! Dai, andiamo via da soli e fammi capire che succede!"

e scesero insieme dall'aula. Ale camminava accanto a Selvaggia mentre si dirigevano in villa lontano da occhi indiscreti dove poter dialogare tranquillamente. Selvaggia era davvero molto nervosa e continuava a non rivolgergli la parola. Appena entrati in villa si fermarono alla prima panchina trovata e Ale, prendendo il viso di Selvaggia con la mano destra sotto il mento, disse

"adesso mi spieghi cosa è successo!"...

Selvaggia, quasi in lacrime, disse

"ieri dove sei scappato? Con chi dovevi vederti?".

"Dio mio – rispose Ale *– ma tu davvero dici? Allora è il caso che ti dica tutta la verità! Mi dovevo vedere con un amico per cercare di prendere il cucciolo che piace a te, ma volevo farti una sorpresa e per questo non ti ho detto niente! Ecco, adesso è svanita la sorpresa! Vuol dire che sai che ci sto provando in ogni modo a trovare il cucciolo proprio come lo vuoi tu!".*

Selvaggia scoppiò in un pianto liberatorio, un misto tra gioia e scarico di tutta la rabbia che aveva dentro, ed abbracciò Ale con tutte le sue forze. Lo strinse tanto forte che Ale rimase immobile tra le braccia della sua Selvaggia senza poter fare niente, ma era estremamente felice di aver chiarito.

"Ma tu sei tutto scemo! Mi hai fatto pensare a chissà quante cose! Ti amo da morire"

ed avvicinò le sue labbra a quelle di Ale che la trattenne a se con la mano e si abbandonarono ad un bacio con tutta la passione che avevano dentro. Stavano talmente bene insieme che anche il semplice guardarsi negli occhi, scambiarsi due parole o il sentirsi al telefono provocava in entrambi una sensazione di vero "piacere". Non c'era cosa più bella di quando, in mezzo alla gente, facevano l'amore con gli occhi. Ale e Selvaggia nel tempo di qualche mese erano passati da sconosciuti al diventare una sola persona. È proprio vero che gli incontri per alcuni non sono semplicemente un caso, ma uno stato di grazia che si è venuto a creare grazie ad una serie di congiunzioni astrali. Erano nella condizione che ormai il loro amore gli si leggeva negli occhi. Avevano una luce diversa. Quando erano insieme, tra le altre persone, si ritrovavano ben presto catapultati in un'altra dimensione. Era una dimensione di estasi. Potevano far finta di ignorarsi ma anche un cieco avrebbe notato il loro amore. Ale raccontò a Selvaggia tutte le corse fatte, ed i tanti amici coinvolti, per trovare il cucciolo che lei desiderava e lei si sentì felice ed amata come non mai. Ale avrebbe fatto qualsiasi cosa pur di rendere felice Selvaggia.

"Che dici, hai voglia di un bel gelato? E poi risaliamo in aula". Selvaggia era molto golosa di gelati ed Ale con la proposta aveva fatto centro. I due, mano nella mano, si incamminarono verso la gelateria proprio all'angolo della strada che conduceva all'aula di

formazione. Mentre si avvicinavano il profumo si faceva sempre più intenso e Selvaggia, come avrebbe fatto una "ragazzina" felice, saltò al collo di Ale e

"mmmm grazieeee...ne avevo proprio bisogno! Ti amo"

diede un bacio al suo Ale. Ale andò sul classico con un cono grande caffè e cioccolato fondente mente Selvaggia scelse nocciola e pistacchio. Uscirono dalla gelateria e si andarono a sedere su una panchina un po' più in la nel viale. Ale, da buon divoratore di gelati, mangiò il suo cono in men che non si dica mentre Selvaggia gustava lentamente il suo fissando negli occhi Ale e leccando in modo molto sensuale.

"Smettila! Fai la brava! Vedi che dimentico che siamo per strada e ti salto addosso!"

disse Ale sorridendo mentre Selvaggia, continuava a provocare, in modo ancora più spinto e disse

"e dai, fammi vedere che fai. Mi sa che non hai il coraggio"...

"Smettila, non continuare a provocarmi, dopo te la faccio pagare"

rispose Ale alzandosi dalla panchina. Selvaggia continuò a provocare Ale che in piedi la guardava e sorrideva. Finito il gelato si avviarono per rientrare al corso ma, visto che erano quasi nei pressi, camminavano come due buoni amici. Arrivati all'ascensore Ale si assicurò che dietro di loro il portone fosse chiuso e diede un bacio a Selvaggia che si abbandonò a lui. Il suo "giocare" con il gelato aveva provocato anche in lei piacevoli pensieri! Appena dentro l'ascensore, neanche il tempo di lasciar chiudere le porte che Ale infilò la mano sotto la gonna di Selvaggia.

"Mi hai fatto eccitare come un pazzo ed ora me la paghi!"

disse Ale mentre infilava la mano tra le mutandine di Selvaggia che, senza opporre resistenza, iniziò a tremare sulle gambe. Ale ebbe la prova che Selvaggia, mentre gustava il gelato, davvero pensava ad "altro" tant'è che era bagnatissima. I circa 20 secondi impiegati per arrivare al quarto piano di quel bellissimo palazzo nobiliare al centro di Napoli sconvolsero letteralmente Selvaggia che, una volta arrivati al piano, disse

"dai facciamo un altro giro! Andiamo al primo e poi risaliamo!",

"Ma dai – rispose Ale – *se ci sono i colleghi fuori poi dobbiamo dare anche spiegazioni a loro"*

e si ricomposero in tutta fretta ed uscirono dall'ascensore. *"Questa me la paghi* – disse Selvaggia – *io scherzavo con il gelato ma tu sei andato oltre ed ora io ho una incredibile voglia di te! Come facciamo?".*

"Bene – rispose Ale – *entriamo dentro, se ci sono poche persone tu vai direttamente in bagno senza farti vedere, io entro poso la giacca e vengo in bagno".*

"benissimo, dai facciamolo"

rispose Selvaggia ancora più eccitata dall'idea di farlo nel bagno dell'ufficio. Ale posò la giacca e disse ai colleghi presenti che andava un attimo alla toilette. Selvaggia era nell'antibagno che aspettava con la scusa di sistemarsi il trucco. Appena arrivò Ale si infilarono nel bagno delle donne e si abbandonarono ad un amplesso che in pochissimo tempo portò Selvaggia all'orgasmo con Ale che le teneva ben chiusa la bocca visto era solita urlare al momento dell'orgasmo. *"Aspetta, non possiamo sporcare niente"* disse Selvaggia mentre si sedeva sul bidet ed iniziò con un pompino ad Ale che, vista la condizione, si ritrovò anche lui a stringere forte i denti per non emettere alcun suono. Per resistere in silenzio ad una fellatio di Selvaggia devi essere una statua di marmo ed Ale proprio non lo era e si tappò la bocca da solo per non rischiare. Selvaggia andò avanti per qualche minuto con la sua maestria fino a quando Ale non raggiunse l'orgasmo. Dopo alcuni secondi sussurrò

"ecco... sei pulitissimo – sorridendo – *adesso possiamo andare in aula"*.

Selvaggia aprì lentamente la porta del bagno e, una volta avuta la certezza che non c'era nessuno, fece uscire anche Ale e si avviò per prima verso l'aula, mentre Ale si trattene per sistemarsi ancora un po' e anche per non arrivare in aula insieme a lei. Il pomeriggio trascorse stancamente e, come capitava spesso nelle ultime settimane, poco o niente rimase di quelle ore di formazione. Visto che il momento dell'esame si avvicinava, si videro costretti ad inserire anche lo studio tra i loro pensieri d'amore. Nei giorni seguenti le lezioni in aula diventavano sempre più impegnative anche perché furono costretti a recuperare lo studio di diversi argomenti a loro proprio sconosciuti. Ovviamente il maggiore impegno nello studio non fece diminuire gli incontri che andarono avanti sempre con maggiore intensità.

"Sai Selvy, devo confidarti una cosa! Ho parlato della nostra bellissima storia con un mio carissimo amico. Lui lavora a Milano ma in questi giorni è in zona, che ne dici se andiamo a mangiare una pizza insieme? Ci sarà anche la sua fidanzata."

Con queste parole Ale fece una ulteriore sorpresa alla sua Selvaggia. La confessione fatta all'amico era solo un primo passo verso il rendere pubblica la loro storia. Selvaggia fu ben lieta di uscire. Si sentiva davvero il centro del mondo. Era al centro di ogni attenzione di Ale. La serata in pizzeria trascorse tra tante risate con Selvaggia che, nonostante fosse la più giovane, guidava ogni discorso, attirando l'ammirazione sia di Giulio, l'amico di Ale, che della sua fidanzata.

Il giorno seguente Giulio chiamò Ale e gli disse

"Selvaggia mi piace davvero tanto! La vedo proprio la persona giusta per te. È solare. Intelligente. Spigliata. Senza dimenticare che è davvero bellissima. E poi sembra più grande dell'età che ha, quindi, in pochissime parole, hai la mia benedizione."

"Ti ringrazio per le belle parole – rispose Ale sorridendo *– ma non esagerare con i complimenti! Sono un bel po' geloso!"*

Ale vedeva in Selvaggia il pezzo mancante al puzzle del suo cuore. "L'incastro perfetto" che avrebbe reso la sua esistenza magica.

Purtroppo quell'incastro tardava dal concretizzarsi perché Selvaggia temporeggiava sulla decisione da prendere in merito a Roberto e continuava a tenere sulle spine Ale il quale, quai in preda allo sconforto, iniziò ad affidare i suoi pensieri a delle lettere che consegnava a Selvaggia in molti dei loro incontri e lei iniziò a fare altrettanto*. Erano ormai cinque mesi che si vedevano costantemente e da tre Ale era single in attesa di una decisione di Selvaggia che aveva sempre un valido "motivo" per non lasciare Roberto e correre da lui. Ale proprio non riusciva a comprendere il motivo per il quale Selvaggia continuava imperterrita per la sua strada anche a rischio di perderlo. I suoi gesti erano quelli di una persona che amava follemente ma le azioni compiute per allontanare Roberto andavano in tutt'altra direzione e non lasciavano presagire in Ale niente di buono. Ad ogni richiesta da parte di Ale lei glissava prendendo tempo ed evitando il discorso e la cosa lo faceva stare davvero molto giù.

Gli amici di sempre, notando che qualcosa in lui non andava, provarono a coinvolgerlo con ogni mezzo, organizzando ogni cosa possibile pur di trascinarlo lontano dai suoi pensieri. E fu in una di queste uscite domenicali che Ale incontrò per la prima volta Sara, una bella ragazza che se ne stava sulle sue in disparte dalla comitiva ed attirò la sua attenzione. Nel corso di quella domenica si parlarono un po', tanto per conoscersi, e la cosa non passò inosservata ai molti amici presenti che per la prima volta, da quando si era lasciato con Federica, avevano il piacere di avere Ale con loro.

A fine serata Mauro si avvicinò ad Ale e disse

"sai, ti ho visto parlare con Sara, è proprio una brava ragazza. Come ti è sembrata?".

Gli amici volevano fare di tutto per aiutare Ale ad uscire da quel torpore, convinti com'erano che la causa fosse ancora la separazione da Federica. Ale non pensava più a Federica da diversi giorni prima di lasciarla, faceva parte di un passato ormai rimosso dalla sua memoria, nella sua testa c'era solo Selvaggia e la cosa terribile era che lo faceva maledettamente soffrire il non poterla avere. La sera del martedì Ale la trascorse a casa di Selvaggia, ma quella fu una sera diversa dalle altre. Fecero come sempre l'amore in modo divino, i loro corpi sembravano creati per stare insieme, ma il problema era altrove. Il problema era Selvaggia che non si decideva a lasciare Roberto e Ale riaprì l'argomento dopo che avevano fatto l'amore.

"Selvy, io non riesco più a convivere con questa condizione, non mi va di condividerti con un'altra persona, voglio averti tutta mia!"

disse Ale ormai in preda allo sconforto e sempre più convinto che il momento della separazione di Selvaggia da Roberto era ben lontana dal concretizzarsi. Selvaggia rispose ad Ale in modo freddo ed irritata.

"Se ti sei stancato di attendere fai quello che vuoi, io ti ho detto che lo lascio e lo lascio, ma non devi mettermi fretta!".

Questa risposta lasciò di pietra Ale il quale, in preda al panico, restò praticamente immobile e senza parole. Selvaggia, la ragazza per la quale si sarebbe fatto in quattro, lo aveva freddato con una risposta che sapeva tanto di un addio! Dopo quelle affermazioni non ci furono più tante parole. Ale restò li a guardarla con le lacrime che scorrevano dai sui occhi andando a bagnare il cuscino. Era quella la prima volta in cui i due stavano seriamente litigando e Selvaggia si stava dimostrando molto più dura di Ale. Sarà stato per la sua giovane età, sarà stato perché non era sicura del passo da fare per abbracciare solo il suo Ale, ma Selvaggia si mostrò molto più convinta e sicura nel freddare Ale che nel lasciare Roberto.

Dopo pochi minuti Ale si alzò, andò in bagno a fare una doccia – questa volta non c'era Selvaggia ad ammirarlo – e si rivestì. Andò via con gli occhi pieni di lacrime e, quando incrociò lo sguardo di Selvaggia, notò che anche lei stava piangendo. Selvaggia soffriva profondamente per le parole che aveva detto al suo Ale ma si rendeva anche conto che in quel momento aveva fatto la cosa giusta. Stava bene con Ale, benissimo, ma non si sentiva ancora pronta per una decisione che avrebbe cambiato radicalmente le sue abitudini. Le lezioni in aula erano terminate da diversi giorni e si stavano solo incontrando in gruppetti per ripetere gli argomenti prima dell'esame. Ale disertò tutti gli appuntamenti di studio della settimana, non aveva alcuna voglia di vedere Selvaggia, quelle affermazioni lo avevano ferito e non poco.

La domenica successiva gli amici, che avevano compreso che tra Ale e Sara poteva scapparci qualcosa in più di una semplice amicizia organizzarono una nuova uscita. I due stavano davvero bene a chiacchierare insieme e ben presto notarono che avevano tante cose in comune che li spingeva ad aprirsi sempre più l'un l'altro.

Il mercoledì Ale chiamò Sara

"ciao Sara, ti disturbo".

"No, ma dai, che disturbo, sto lavorando, ma non disturbi!" rispose lei con un accenno di sorriso.

"Che ne dici se una di queste sere, anche questa sera – sorridendo *– andiamo a mangiare una pizza insieme?".*

Ale voleva provare a non pensare continuamente a Selvaggia e voleva mettersi alla prova uscendo con Sara. La domenica seguente Ale doveva raggiungere Selvaggia a casa sua nel pomeriggio. Mentre era in macchina tanti pensieri lo assalirono. Era molto combattuto e non sapeva se andare da Selvaggia oppure tornare indietro. In settimana si era visto con Sara e lei sembrava innamorata, non se la sentiva di correre da Selvaggia che del resto lo teneva ancora sospeso ad un filo! Prese la decisione di fermarsi in autostrada e, con le lacrime agli occhi, inventò la più stupida delle bugie, chiamò Selvaggia e disse *"Ciao Selvy, vedi che purtroppo mentre stavo per venire da te ho forato uno pneumatico ed ora lo sostituisco e torno indietro. Ci vediamo in settimana",*

così, con le lacrime che scorrevano a fiumi, liquidò in fretta e furia Selvaggia che dall'altro capo del telefono restò senza parole. Ale, che ormai era quasi arrivato da Selvaggia uscì alla prima uscita e tornò indietro verso casa mentre lei si distese sul letto ed iniziò a pensare seriamente che lo stava perdendo. Ale non se la sentiva di correre da Selvaggia mentre sapeva che Sara lo aspettava e, piangendo come un bambino, mestamente tornò verso casa. Selvaggia intanto sul letto si chiedeva perché Ale si stesse comportando così, anche se sapeva fin dal primo momento che lui era uscito con gli amici e che aveva conosciuto Sara, non riusciva a comprendere questo suo atteggiamento. Il martedì Ale chiamò Selvaggia per chiedere se stesse studiando a casa e se il pomeriggio potevano vedersi. Lei disse ad Ale che poteva tranquillamente andare in quanto non si sarebbe vista con nessuno e che studiava da sola, aveva anche un esame all'università da preparare ma la sua testa era altrove.

Ale, come di consueto, fece le scale di corsa ed arrivò alla porta con un sorriso smagliante, avendo totalmente rimosso quanto accaduto la domenica. Lui non sapeva ancora che quella sarebbe stata l'ultima volta che varcava la soglia di casa di Selvaggia. Lei lo attese fredda, diversa dal solito, ed iniziò chiedendo perché la domenica aveva raccontato quella bugia pur di non andare da lei. Ale restò spiazzato dall'atteggiamento della sua Selvaggia e tentò di dare delle spiegazioni, poco credibili, e mentre parlava il telefono squillò, era Sara, e lui uscì fuori al balcone per rispondere. Fu un dialogo breve, ma diede modo a Selvaggia di sentire la voce di Sara, quella che lei riteneva le stesse portando via Ale. Quando rientrò dal balcone Ale trovò Selvaggia seduta sul letto con gli occhi pieni di lacrime e appena si sedette accanto a lei disse

"ha proprio una voce molto dolce, sono contento per te"
con un misto di rabbia e gelosia.

Ale provò a baciarla ma lei si allontanò dicendo

"no Ale, non mi sembra il caso! Forse è meglio che adesso vai"
e si alzò per avvicinarsi alla sua scrivania, aprì il cassetto e tirò fuori un foglio piegato in più parti, *"tieni"* disse lei porgendolo ad Ale. Era una lettera* di addio. Aveva preso la decisione più

drastica. Quella definitiva, e non voleva sentire ragioni da parte di Ale mentre lo accompagnava alla porta. Si era sentita tradita da quell'atteggiamento tenuto da Ale e non riusciva a sopportare l'idea che lui si stesse innamorando di un'altra! Ale scese i quattro piani lentamente, con dentro la recondita speranza di un richiamo a salire da parte di Selvaggia che purtroppo non arrivò mai. Ale mentre rientrava a casa ripensò a tutti i momenti belli trascorsi con Selvaggia. Le passeggiate a Napoli. Tutte le volte in cui avevano divinamente fatto l'amore. I sogni nel cassetto che speravano di tirare fuori. Una volta arrivato a casa inviò diversi messaggi a Selvaggia senza avere alcuna risposta. Il giorno seguente decise di lasciare un segno indelebile. Nel vero senso della parola! Gli era venuta un'idea per lasciare un definitivo messaggio d'amore alla sua Selvaggia. Uscì di casa ed andò a comprare in ferramenta un barattolo di vernice spray di colore bianco. Era ben conscio che stava commettendo un reato ma, provare a recuperare il rapporto con Selvaggia, valeva ben più di una multa. A notte fonda andò sotto casa di Selvaggia e, con lo spray in dotazione, iniziò a scrivere dapprima sul bidone dell'immondizia condominiale "SELVY TI AMO" e poi la stessa frase la scrisse anche sull'asfalto proprio davanti al cancello di entrata. Selvaggia non poteva non notarlo! Purtroppo però, pur avendolo notato, non ebbe alcuna reazione e Ale, pian piano, provò a conservare quel grande amore in un angolino del cuore!

"Questi venti anni sono passati nel tempo di un battito di ciglia. Davvero sembra ieri che stavamo a Napoli mano nella mano ed oggi ci ritroviamo sposati e con i figli"

scrisse Selvaggia facendo seguire al messaggio tante faccine sorridenti.

"*Sì*, - rispose Ale – *saranno anche passati venti anni, ma tu non sei cambiata per niente*".

"*Ma come* – ribatté Selvaggia – *se quando mi hai vista hai detto che quasi non mi riconoscevi adesso mi dici che non sono cambiata?*".

"*Infatti* – rispose Ale – *non ti riconoscevo perché ti ho lasciata con una cascata di riccioli e ti ritrovo liscia ma, se devo dirla tutta, oggi sei ancora più bella di venti anni fa. Sei donna. Una bellissima donna*".

"*Dai, smettila* – rispose Selvaggia aggiungendo tante faccine con gli occhi a cuoricini – *Ale tu hai proprio bisogno di un oculista. Di quelli bravi. Si vede che a parlare sono ancora gli occhi dell'amore. Vorrei proprio capire dove la trovi tutta sta bellezza*".

Selvaggia non era ben conscia della sua bellezza. Quando camminava per strada si ritrovava con addosso gli sguardi della totalità degli uomini e di gran parte delle donne attratte dal suo modo di vestire, dove nulla era mai lasciato al caso.

"*OK* – rispose Ale – *allora ti dico la verità! Sei davvero brutta. Bruttissima. Ma smettila dai... accetta i complimenti, saranno anche gli occhi del cuore ma la tua risulta essere una bellezza oggettiva!*".

"*Ehhh* – esclamò Selvaggia – *poi ne parliamo, adesso devo lasciarti perché ho da compilare dei documenti. A presto*". "*Ciao, a presto*"

salutò Ale che ancora non credeva ai suoi occhi.

Dopo venti anni aveva ritrovato la sua Selvaggia, quella che gli aveva fatto letteralmente perdere la testa, ed era felicissimo che anche lei provava gioia nel ripensare a tanti anni prima.

Pochi minuti prima di andar via dall'ufficio Selvaggia inviò un nuovo messaggio ad Ale

"Che fai? Io sto per andare via e tu?". "Io ne ho ancora per un po', oggi faccio più tardi. Buon pranzo allora. A presto"

salutò Ale. Selvaggia rispose augurando anche lei buon pranzo ed inviando tanti bacini. Uscì dal suo ufficio e, una volta presa l'auto, fece sosta in un panificio lungo la strada. La signora dietro al banco la accolse con un sorriso smagliante

"ciao Selvaggia, buongiorno. Come va la giornata? Sei sempre più bella. Quando entri tu porti la luce".

"Ehh signora Lina, avete sempre voglia di scherzare – rispose *– sempre a riempirmi di complimenti. La giornata sta andando benissimo, grazie"*

e ritirò il pane che aveva già ordinato telefonicamente. Appena salita in macchina sente il telefono squillare in borsa, allunga la mano per prenderlo, e vede "Ale"!

"Wue Ale, dimmi tutto" rispose lei.

E lui *"Niente, ti avevo chiamata solo per sentirti. Ma dove sei?". "Sono appena uscita dal panificio ed ora vado a casa". "Capisco –* disse Ale *– ma! Guarda alla tua sinistra!".*

Ale si era appostato lungo la strada per poter vedere passare Selvaggia ed incrociare il suo sguardo che, appena lo vide, fece una espressione come per dire "ma tu sei pazzo" ed in effetti al telefono

"Ma nooo! Tu sei pazzo. Io ti pensavo in ufficio ed invece sei qui. Grazie, anch'io avevo voglia di vederti".

"A dire il vero – rispose Ale *– io ero qui già quando tu mi hai inviato il messaggio per dirmi che stavi andando via dall'ufficio. Mi sono appostato con largo anticipo per trovare il posto con la migliore visibilità."*

Si erano ritrovati solo da pochi giorni ma la sensazione di entrambi era quella di chi non si è mai del tutto allontanato. Un continuo cercarsi. La mattina seguente Ale andò in ufficio con una incredibile voglia di rivedere Selvaggia e subito le inviò un messaggio

"Buongiorno (con tanti cuori)"

e solo dopo pochissimi secondi, come se non stesse aspettando altro, arrivò la riposta di Selvaggia

"Buongiornoooooooooo (con altrettanti cuori)".

Il cuore di Ale iniziò a battere forte, aveva tutte le intenzioni di vederla al più presto ma dentro aveva il timore di un rifiuto da parte di Selvaggia. Erano si passati venti anni ma Selvaggia suscitava in lui sempre ricordi fantastici. Avevano tante cose da raccontarsi. Selvaggia aveva sposato un suo vecchio amico che, sapendo della storia che c'era stata tra loro, quasi non lo salutava più. Evidentemente solo per pura gelosia, visto che venti anni prima Selvaggia non conosceva neanche l'esistenza di Dario, suo marito. Ale quella mattina si sentiva come bloccato, voleva fortemente chiedere a Selvaggia di vedersi ma non voleva essere diretto nella richiesta, del resto si erano ritrovati solo da pochi giorni.

Ad un tratto però fu Selvaggia a lanciare l'assist

"questa sera hai impegni?" chiese, e subito Ale rispose

"per te sono sempre libero"!

"Sai – disse Selvaggia – *potrei lasciare le bimbe a casa e, con la scusa del supermercato, potremmo rivederci, sarà sempre per poco ma almeno ci vediamo".*

Selvaggia aveva capito che Ale per chissà quale motivo non le chiedeva di vedersi e fu lei a fare il primo passo.

"Restiamo d'accordo che ti invio io un messaggio quando sto per scendere da casa, aspetto che cali il sole però, al buio siamo più tranquilli che nessuno ci vede"

disse Selvaggia facendo capire ad Ale che anche lei aveva una gran voglia di vederlo.

Erano quasi le 19 quando Ale, che guardava continuamente il cellulare, udì un piacevole "plin", era Selvaggia

"Io tra dieci minuti scendo, tu aspettami al parcheggio del supermercato come l'altra volta, compro prima qualcosa per giustificare l'uscita e poi ti seguo con la mia macchina. Preferisco venire con la mia in modo che possiamo trattenerci qualche minuto in più e poi torno direttamente a casa".

Aveva pensato proprio bene. Del resto spostandosi con due macchine passavano anche più inosservati. Selvaggia arrivò al market e ne uscì dopo neanche cinque minuti. Ale era già con la macchina posizionata verso l'uscita del parcheggio ed appena lei fece un lampeggio con i fari dell'auto lui avviò la sua Mercedes con lei che lo seguiva. Appena giunti in periferia si fermarono nello stesso posto dell'altra volta e lei scese dalla macchina per salire in quella di Ale. Quando la vide scendere dalla macchina non riuscì a trattenere le lacrime dall'emozione. Era felicissimo. Selvaggia era bellissima come sempre nel suo jeans leggermente strappato, stivaletto basso in gomma, camicia verde e giubbino imbottito dello stesso colore.

Appena entrata in auto vide Ale con le lacrime agli occhi e disse *"wuee, ma non sei felice di vedermi?"*

con un gran sorriso. Selvaggia aveva ben compreso che Ale era emozionatissimo.

Lui le prese subito la mano e stringendola forte disse

"Selvy, sei bellissima!"

poi, con entrambe le mani, accarezzò il volto di Selvaggia e si avvicinò a lei per un bacio. Questa volta non diede la possibilità a Selvaggia di invitarlo, in lui era tanta la voglia che non riuscì a resistere neanche un minuto. Selvaggia aveva un profumo che emanava magia. Un leggero filo di trucco che metteva in risalto i suoi occhioni ed un rossetto rosa corallo su labbra che sembravano disegnate da un ispirato Michelangelo! L'incontro delle loro labbra creava vere e proprie scintille. Baci lenti e passionali facevano da corollario ad un continuo scambio di sguardi. Ben presto la "temperatura" salì ed Ale mise la sua mano destra dietro la schiena di Selvaggia fino ad arrivare a stringere forte i glutei. Selvaggia dapprima con la mano destra accarezzò la testa di Ale e poi, lentamente, iniziò a sbottonare la camicia per accarezzare il petto. Ale si ritrovò con la camicia totalmente sbottonata e Selvaggia si allontanò dalle labbra di Ale per dare dei baci al capezzolo di Ale che si ritrovò praticamente immobile ed a fatica riuscì a schiacciare il pulsante per reclinare leggermente il sediolino. La mano di Selvaggia scivolò tra le gambe di Ale ed iniziò a stringere forte tra le mani il pene ormai duro. Ale restò immobile, non sapendo quali fossero le intenzioni di Selvaggia quando ad un tratto lei disse

"dai aiutami, slaccia la cintura ed abbassa i pantaloni".

Ale eseguì all'istante e si ritrovò praticamente nudo con Selvaggia che le teneva tra le mani il suo membro duro ed iniziò a dare dei dolcissimi bacetti sul glande. Ale era molto agitato per la condizione in cui si ritrovava. Erano moltissimi anni che non si ritrovava in quella condizione ed era anche teso per la paura di essere visto da altre auto. Selvaggia continuava a massaggiare i testicoli ma l'erezione di Ale perse un po' di vigore alchè lei iniziò con una fellatio carica di passione e, aiutandosi con la mano portò all'orgasmo Ale che rimase bloccato in silenzio. Questo silenzio creò in Selvaggia come un senso di colpa per la forzatura fatta, tanto che andò via dopo poco imbronciata, con

Ale che invano chiedeva cosa fosse successo. Appena Selvaggia entrò in macchina chiamò subito Ale, a distanza si sentiva più a suo agio per dire che il suo atteggiamento l'aveva ferita non poco in quanto anche per lei quella era una situazione anomala ed Ale con il suo atteggiamento l'aveva quasi definita "una poco di buono", ma lui si giustificava dicendo che era semplicemente "senza parole", bloccato da quanto accaduto ed anche dall'aver perso l'erezione. Nei cinque minuti che impiegò Selvaggia per arrivare a casa si chiarirono e lei, a dimostrazione del suo splendido carattere, si tranquillizzò e tranquillizzò anche Ale dicendogli

"ho capito, però mi devi promettere che la prossima volta ti rilassi!".

Ale replicò senza esitare un istante

"certo che mi rilasso, e scusa se ci sei rimasta male ma non era assolutamente mia intenzione ferirti",

e con Selvaggia che ormai era arrivata sotto casa si salutarono e si diedero appuntamento all'indomani mattina.

Appena a casa Ale, approfittando ancora dell'assenza di Sara, si diresse direttamente alla toilette per darsi una sistemata e verificare che tutto fosse in ordine prima dell'arrivo della moglie. Selvaggia era ricomparsa con forza nella sua vita e Ale sentiva che questa volta, dopo venti anni era un qualcosa in più. Sarà stato per un approccio più maturo, sarà per le evidenti difficoltà nel vedersi, ma Ale sentiva che questa volta era diverso. Si sentiva totalmente preso da Selvaggia e lei a casa pensava alla stessissima cosa. La loro non era mai voglia di solo sesso ma semplicemente desiderio di stare insieme e questo andava molto oltre l'essere due amanti che si vedono per fare sesso. Nei loro pensieri c'era, ovviamente, anche il sesso, ma non era certo il primo pensiero. Entrambi avevano la sensazione di aver trovato, o ritrovato, quel pezzo mancante al puzzle del loro cuore! Ale trascorse la serata pensando "Selvy chissà che sta facendo" e Selvaggia a casa, mentre preparava la cena si chiedeva "Ale chissà che fa? Mi pensa?".

Ovviamente questo loro atteggiamento non passava certo inosservato ai rispettivi coniugi che di colpo si erano ritrovati con accanto due "automi" che avevano la testa da tutt'altra parte. Si erano ritrovati da pochi giorni ma i loro cuori non avevano mai smesso di battere all'unisono.

La mattina seguente Ale si appostò con la sua Mercedes lungo la strada che percorreva Selvaggia per andare al lavoro. Selvaggia procedeva molto lentamente nel traffico quando ad un tratto si accorse della macchina di Ale. Stentò a credere ai suoi occhi, quel pazzo era lì ad attendere, fermo lungo la strada, solo per un incrocio di sguardi! Tanta era la voglia di vedere Selvaggia che Ale avrebbe tranquillamente atteso anche ore, proprio lui che odia aspettare, per un suo sguardo. Pochi istanti, ma carichi di passione. Con occhi che si dicevano tante cose. Sorrisi che riempivano il cuore.

Subito dopo aver incrociato lo sguardo di Ale, Selvaggia gli inviò un messaggio

"certo che tu sei davvero pazzo! Adesso ho capito perché non mi era arrivato il tuo buongiorno, quasi mi preoccupavo!".

E Ale

"Sisi, lo puoi ben dire! Sono pazzo! Tanto pazzo, di TE".

Il cuore di selvaggia, appena letto il messaggio, aumentò, e di tanto, le pulsazioni. Era felice, ed innamorata. Si, forse quello fu il giorno in cui davvero Selvaggia si rese conto di quanto amava Ale. Appena arrivato in ufficio la segretaria comunica ad Ale che un cliente l'aveva cercato, e non un cliente qualsiasi ma uno dei migliori clienti! Erano mesi che trattava la vendita di una villa in costiera amalfitana per oltre sei milioni di euro con un magnate russo ma il proprietario non era disposto a cedere! Ale fece il suo solito rituale mattutino provando a non lasciarsi scomporre della notizia ricevuta dalla segretaria. Giacca sistemata sulla cruccia all'appendiabiti. Aprì la finestra per far arieggiare la stanza, abitudine che non perdeva mai, anche se la temperatura esterna era prossima allo zero. Intanto avvia il PC e si prepara un caffè. Il primo di una lunghissima serie. Sorseggia il suo buon caffè, rigorosamente amaro, e si sistema comodo alla sua poltrona presidenziale. Un bel respiro profondo e alza la cornetta del telefono. Dall'altro capo del telefono il dott. De Roberti, il proprietario della mega villa in costiera.

"Buongiorno Dott. De Roberti, la mia segretaria mi ha detto che mi cercava. Mi dica tutto!"

e, per tutta risposta e senza tanto girarci intorno, il Dr. replicò

"I russi sono sempre disposti a comprare? Se si, li chiami subito, fissiamo un appuntamento al più presto ed andiamo dal notaio". Ebbene si, questa era una di quelle giornate che definire fantastiche era molto riduttivo. L'affare avrebbe fruttato ad Ale una provvigione monstre, tanto quanto un impiegato avrebbe guadagnato in una vita intera di lavoro! Chiamò subito la segretaria.

"Chiama Sergy Ibramov, e me lo passi! Oggi è una bella giornata, il dott. De Roberti ha deciso di vendere!".

Il russo appena sentì da Ale che il dr. De Roberti aveva accettato la loro proposta diede di matto al telefono. Urla di gioia che furono udite anche dalla segretaria di Ale che si trovava molto distante alla reception.

"Appena vengo in Italia ti porto un bel regalo amico mio. Ho per te una Louis Roederer Gold Edition del 2002. Te la sei meritata tutta, ovviamente è un extra sulla provvigione che ti meriti tutta!".

Il regalo di Ibramov era una bottiglia di Champagne da 3 litri prodotta in soli 400 esemplari, ogni bottiglia è lavorata a mano da due maestri orafi. La bottiglia è "ingabbiata" in sette metri di nastro di ottone immerso in oro di 24 carati. Il costo, per chi riesce a trovarla, si aggira sui ventimila euro! Ale se lo era meritato tutto. Aveva lavorato a questo affare per due anni con diversi viaggi in Russia ed aveva investito tanto, e con la telefonata di questa mattina tutti gli sforzi avevano dato il loro frutto. Questa volta Ale non ci pensò su tanto, la notizia era fin troppo bella per non dirla subito, ed a voce, a Selvaggia. Aveva come la sensazione che lo stato di grazia che stava vivendo da quando aveva ritrovato Selvaggia gli stava dando anche una spinta sugli affari. Chiamò Selvaggia ed esordì dicendo *"Amoreeee, sono felicissimo. Ho concluso un gran bell'affare e sono certo che sei stata tu ad aiutarmi, mi hai portato fortuna!".* Selvaggia scoppiò in una fragorosa risata e disse

"ma tu avevi dubbi? Io ti porterò tanta fortuna, diventerai il migliore d'Italia! Sei il mio campione!".

Quella di Ale era una gioia senza limiti, avrebbe voluto correre da Selvaggia e scappare via con lei a festeggiare da qualche parte, ma purtroppo non poteva. Non potendo condividere con Selvaggia la sua gioia, si alzò dalla scrivania ed andò a prendere una delle bottiglie di champagne che erano in frigo in dispensa. Bussò alla porta del collega e disse "oggi facciamo festa! Ho concluso l'affare dell'anno". Stappò la bottiglia ed iniziò a bere con il collega. Tra un flute di champagne e dei tarallini la bottiglia iniziò a svuotarsi e la gioia di Ale salì ancora più! Sai, disse Ale al collega, *"è un periodo in cui sto davvero bene"*.

Si slacciò la cravatta, un rituale questo riservato alle grandi occasioni, ed iniziò a raccontare al collega i tanti sacrifici dietro l'affare appena concluso. Mentre era intento nel racconto il cellulare di Ale partì con una serie interminabile di "plin, plin, plin....". Era Selvaggia che, non avendo sentito Ale per diversi minuti, chiedeva

"che stai facendo?"

"mi stai pensando?"

"ho voglia di un tuo bacio"

"oggi mi manchi davvero tanto"

"voglio vederti al più presto".

Ale diede una rapida occhiata ai messaggi e l'espressione del suo volto cambiò. Nei suoi occhi si notava una luce diversa, non era più solo la gioia per l'affare concluso ma era la vera felicità che il suo cuore provava in questo momento. Il suo racconto diventò frettoloso, tanto che anche il collega comprese che quei messaggi avevano creato non poca agitazione e disse

"ma tutto bene? Sei con la testa da un'altra parte. Se hai da fare vai, non preoccuparti, poi mi racconti".

Ale si scusò con il collega e si allontanò dalla stanza. L'aver ritrovato Selvaggia creava in lui uno stato di agitazione ogni qual volta lei inviava anche un semplice messaggio.

Preso dall'euforia del momento, non dava peso a chi gli era accanto, in quei momenti esisteva solo Selvaggia!

Andò di nuovo nella sua stanza, chiuse la porta, ed inviò un messaggio a Selvaggia

"posso chiamarti?"

e lei, dopo pochissimi secondi rispose

"ma certo!".

Selvaggia rispose al cellulare fingendo di parlare con una amica, ed esordì dicendo

"ciao Giovanna! Come stai?",

Ale capì subito che, nonostante le difficoltà, Selvaggia aveva voglia di sentirlo ed approfittò della situazione per scherzare un po', complice anche tutto lo champagne che cominciava a fare il suo effetto.

"Ho capito che non puoi parlare, allora lascia che parli io, tu fai solo dei cenni di assenso e ascolta!",

"va bene, Giovanna – disse lei – dimmi tutto, io ascolto". *"Allora piccola, io questa sera voglio far festa con te. Cerca di inventare qualcosa per allontanarti da casa per un po' e ci vediamo al nostro solito posto. Voglio condividere con te questo magico momento. Ho una incredibile voglia di sentire il dolce calore delle tue labbra che sfiorano le mie. Le tue mani che accarezzano il mio viso e poi lentamente percorrono ogni centimetro del mio corpo. Sono sicuro che questo risultato è anche merito tuo ed è con te che voglio far festa!"*.

"Ok Giovanna – replicò Selvaggia – dai, non preoccuparti, farò di tutto per esserci, ti richiamo nel pomeriggio per darti conferma. Un bacio. A dopo"

e chiuse la telefonata.

Non passarono neanche trenta secondi che..... "plin", era il cellulare di Ale ed il mittente era Selvaggia che scrisse

"Ma tu sei davvero pazzo! Mi hai fatto eccitare in un modo incredibile, hai approfittato che non potevo parlare ma questa sera te la faccio pagare!".

Ale si illuminò ancora più e rispose

"non vedo l'ora! Ti lascerò fare tutto quello che vuoi senza

opporre resistenza, puoi anche picchiarmi!".

Selvaggia è una di quelle donne che creano dipendenza. Una vera e propria droga. Sembra davvero venuta fuori dalla penna di un sapiente autore di romanzi rosa. Sempre con il sorriso sulle labbra e la parola giusta per ogni occasione. Mai senza trucco o con i capelli in disordine. Maniacale nell'abbigliamento, anche con i jeans non lascia niente al caso e poi, cosa non trascurabile, sapeva far l'amore divinamente! Una vera bomba sexy.

Erano da poco passate le 19:00. Ale stava aspettando da pochi minuti, quando vide svoltare un auto nella stradina dove si erano dati appuntamento, era Selvaggia! Percorreva la strada a zig zag e faceva continui lampeggi con i fari! Dal suo modo di fare era ancora più contenta delle altre volte. Selvaggia ferma la sua auto frontalmente a quella di Ale. Scende dall'auto e si mostra in tutta la sua bellezza. Uno shorts celeste chiaro, quasi bianco, metteva in risalto le sue lunghe gambe ancora più slanciate da una scarpa dècolletè con un tacco 10. Magliettina nera corta ed aderentissima che metteva in risalto il seno ed un piumino con il cappuccio di pelliccia. Sale in tutta fretta nell'auto di Ale con lo stesso sorriso che aveva lui venti anni prima quando la raggiungeva a casa e faceva i quattro piani di corsa. Appena entrata esclama:

"Amore mio. Sei il mio campione, sono proprio felice".

Ale la ringrazia e si avvicina per baciarla e lei lo ferma.

"No aspetta – e prese un fazzolettino dalla borsa per togliere il rossetto – *altrimenti sporchiamo tutto!".*

Pochi secondi e le labbra di Ale sono incollate a quelle di Selvaggia con le lingue che ben presto si intrecciano in una danza lenta e sensuale. Un bacio lungo, con le due teste che cambiano continuamente posizione senza mai staccarsi. La mano destra di

Ale è posizionata tra la nuca e la testa di Selvaggia e fa dei piccoli movimenti con i polpastrelli come a voler massaggiare il cuoio capelluto ed i capelli di Selvaggia. La mano sinistra, che dapprima cingeva la vita di Selvaggia si spostò dai fianchi fin sul seno ed iniziò a palparlo delicatamente. Selvaggia iniziò ad emettere dei gemiti di piacere e con la mano destra, che intanto aveva infilato tra i bottoni della camicia per accarezzare il petto di Ale, andò ad esplorare tra le gambe. Il pene di Ale era durissimo e bagnato e spingeva forte nel boxer, come un leone in gabbia.

"Dai, togli il pantalone!"

ordinò in modo perentorio Selvaggia.

"Ho una gran voglia di sentire il dolce sapore del tuo cazzo" disse una estasiata Selvaggia mentre lo teneva stretto forte nella mano destra tanto che il glande era diventato grandissimo e gonfio di piacere. Ale reclinò il sediolino e Selvaggia iniziò a sbattere il cazzo con la mano tanto stretta da non far passare il sangue. Il glande usciva e rientrava dal prepuzio sotto i colpi violenti di Selvaggia con il frenulo che si allungava a dismisura. Selvaggia si adagiò sul fianco ed iniziò a giocare sulla lingua sul glande e poi, sempre tenendolo stretto in mano, lo prese in bocca ed iniziò una fellatio. Ale allungò la mano destra tra gli shorts e si fece spazio tra le gambe, ormai aperte e rilassate di Selvaggia, fino a finire dentro gli slip ormai bagnati. L'indice ed il medio si muovevano delicatamente tra il clitoride e le grandi labbra con Selvaggia che ansimava sempre di più. Infilò il dito medio nella vagina pregna di piacere mentre con il pollice stimolava il clitoride. Presa dal piacere Selvaggia infilò quasi fino in gola il grosso membro. Era un continuo ansimare. Divorata dal piacere, Selvaggia, mentre teneva stretto il membro con la mano sinistra e lo sbatteva, con la destra strinse a mo di sacchetto

tra l'indice ed il pollice i testicoli ed iniziò a risucchiarli, prima uno alla volta poi entrambi contemporaneamente con Ale che non riusciva più a trattenersi dall'esplodere e pensò bene di infilare anche l'indice nella vagina che ormai grondava dei suoi umori. Le dita di Ale si muovevano sapientemente con un movimento ad uncino che stimolava il punto G. Si erano totalmente abbandonati al piacere tanto da dimenticare che si trovavano in un luogo pubblico! Intanto il massaggio interno di Ale continuava e i gemiti di Selvaggia avevano un tono sempre più elevato mentre riprese a succhiare con vigore il pene e si fermò solo per emettere un urlo di piacere quando Ale, dopo aver aumentato un bel po' il ritmo, le fece raggiungere un orgasmo intensissimo che la portò quasi a squirtare! Pochissimi secondi per riordinare le idee e riprendere fiato per poi dedicarsi al membro di Ale che ormai era al limite. Lo teneva tanto stretto e succhiava con tanto vigore che il glande aveva assunto un colore che tendeva al violaceo. Mentre succhiava strinse nuovamente tra le mani i testicoli fino a portare Ale ad una eiaculazione vigorosa, tanto da sentire forte in bocca gli spruzzi di sperma. Ale urlò a squarciagola *"vengooooo!"*, e di sicuro qualcuno in lontananza udì quell'urlo disumano che divenne presto un lamento di piacere visto che Selvaggia non aveva alcuna intenzione di interrompere la cosa e continuava a succhiare anche dopo che aveva ingoiato tutto lo sperma senza far fuoruscire dalla bocca neanche una goccia. *"Basta, così mi fai perdere i sensi!"*

intimò Ale al culmine dell'estasi.

"Hai un cazzo fantastico ed il tuo sperma è dolcissimo e buonissimo"

furono le prime parole pronunciate da Selvaggia appena ebbe

libera la bocca dal grosso membro che si andava afflosciando. Si mise al suo fianco e gli diede un bacio. Le lingue si incrociarono ed anche Ale ebbe modo di assaporare, anche se parzialmente, quel buon sapore dolciastro che aveva la lingua di Selvaggia che intanto gli accarezzava la faccia teneramente, come si farebbe con un bambino!

Ale la fissò negli occhi e disse

"è stato bellissimo!".

"A chi lo dici – rispose Selvaggia –ma che hai combinato con quelle dita? ad un certo punto non ci ho capito più niente... e comunque hai un cazzo fantastico, ti voglio dentro di me, dobbiamo organizzare al più presto. Voglio stare con te!".
Rimasero stretti l'un l'altro per qualche minuto e ad un tratto Ale iniziò a sorridere.

"Che pensi?" chiese Selvaggia,

"ma tu hai capito che abbiamo combinato e siamo praticamente in un luogo pubblico".

"Ma chissenefrega – ribattè Selvaggia - *io non ci ho capito più niente ed è stato bello così!"*.

Selvaggia si distese sul sediolino del passeggero e Ale la guardava incantato. Era lo stesso splendore che aveva lasciato in quella mansarda venti anni prima. I suoi occhi non riuscivano a staccarsi da Selvaggia, tanto che lei era quasi pronta e lui era lì, immobile, ad ammirarla.

Non voleva perdere neanche un istante della sua presenza.
"Amore, dai, mi metti in imbarazzo!"

esclamò Selvaggia per far distogliere lo sguardo ad Ale che non aveva alcuna intenzione di demordere.

"Sei così tremendamente bella che stento a credere che sei in macchina con me! Ti ho sognata per tanto, troppo tempo, ed ora

che sei qui ho paura che la sveglia mi riporti alla realtà. Quella realtà dove non ci sei tu".

Selvaggia, con il suo modo di fare, si avvicinò e gli diede un pizzicotto.

"Ecco, fidati, non stai sognando, è tutto vero!".

Ale sorridendo, e tenendole il viso con entrambe le mani, le schioccò un bacio a stampo sulle labbra. Era arrivato il momento di sistemarsi e Selvaggia gli passò delle salviettine imbevute per tirar via il trucco che era cosparso tra faccia, petto e basso ventre. Ale, nonostante la mole, si ricompose in tutta fretta visto che Selvaggia aveva detto più volte che doveva andar via e lui preferiva "scortarla" fin quasi a casa.

Un ultimo bacio e Selvaggia scende dalla macchina dicendo *"vado in macchina e ti chiamo!"*

ma non fa neanche in tempo a salire sulla sua auto che si ritrova Ale accanto al finestrino.

"Dai, un altro bacio! Già mi manchi!"

e Selvaggia, con un sorriso, abbassò il finestrino ed esaudì il desiderio di Ale. Giusto il tempo di fare inversione e Selvaggia chiama Ale.

"Amore mio, è stato stupendo ma io ho una voglia incredibile di fare l'amore con te però dopo tanto tempo, e per giunta per la prima volta, non mi va di farlo in macchina. Ho già in mente una cosa ma non te la dico altrimenti tu inizi a pensare sempre a quello! – e fece una delle sue tipiche risate – *Se tutto va secondo i piani non dovremo aspettare molto"*.

"Però così non vale – replicò Ale – *mi dici le cose a metà e come vuoi che non vado in agitazione. Sai Selvy, mi sembra di essere tornato indietro nel tempo, sto rivivendo le stesse sensazioni e le stesse emozioni di venti anni fa!"*.

Ale la scortò fino all'ingresso del complesso residenziale dove abitava non senza la paura di incrociare il marito, che del resto conosceva, e sapeva anche della relazione avuta venti anni prima.

Le giornate di Ale e Selvaggia erano scandite da continui messaggi e telefonate per condividere ogni cosa e fu in una di queste che Ale disse

"ma certo che alla convention a Roma, dopo che ci eravamo lasciati, sei stata proprio cattiva!".

"Che ho fatto? – disse Selvaggia – io non ricordo di aver fatto niente di particolare".

"e si! Hai rimosso... per farmi ingelosire te ne andasti via tutta sorridente nella macchina cabrio di quello che non ricordo neanche chi fosse, ma ricordo benissimo la scena con te che mi guardavi di sottecchi, senza neanche salutarmi e mi evitasti accuratamente per tutta la sera mentre ti scatenavi sulle note di Demo Morsellj! Allora capii che davvero ero definitivamente uscito dalla tua vita!".

"Ma no! Che dici? Io non ricordo assolutamente niente ... ricordo solo l'evento ed il divertimento con Demo Morsellj, quello si, ma altro no! Davvero non ricordo di aver fatto niente di simile, non è da me!"

"Lo so bene che non è da te ma forse in quel momento volevi farmela un po' pagare! Ma è acqua passata...".

"Dai, dai – esclamò Selvaggia – la vuoi sentire una bella notizia?"

"E me lo chiedi? Se è una bella notizia devi darmela subito!"
"Allora siediti!

Disse sorridendo Selvaggia

"Venerdì mattina Martina ha una gara di ginnastica artistica a Roma e, visto che a me tocca lavorare, la accompagna il padre e

porta con se anche Serena. Loro partono presto la mattina. Io invento una scusa al lavoro e resto a casa e tu vieni da me! Che dici? Si può fare?".

Ale restò in silenzio per qualche istante, giusto il tempo di metabolizzare, e poi, facendo tutti gli sforzi possibili per contenere l'euforia, disse

"non ho capito? Mi sati chiedendo se sono d'accordo a venire a casa tua con tuo marito e le ragazze lontana da casa? E me lo chiedi anche! Alle otto sono da te!"

"Ecco – disse sorridendo Selvaggia – *lo sapevo che non saresti stato nella pelle. Restiamo che ti avviso io. Lasciami il tempo di organizzare la fuga dal lavoro! Di sistemare un po' casa e di sentire loro che sono arrivati a Roma!".*

"Ma certo, figurati"

affermò Ale lasciando trasparire tutta la sua gioia. Come era solito fare per ogni cosa, Ale cominciò a programmare la mattinata di venerdì, aveva già in mente tutte le cose da fare, anche approfittando dell'attesa di un segnale da parte di selvaggia. Con una tensione degna dell'attesa di una finale di coppa del mondo di calcio arrivò il venerdì. Una bellissima giornata di sole di fine febbraio accompagnava il percorso in macchina di Ale che, come primo pensiero si fermò da un fioraio! Non poteva presentarsi per la prima volta a casa di Selvaggia senza un omaggio floreale. Una bellissima rosa rossa, dallo stelo lunghissimo, avvolta da una rete anch'essa rossa tenuta ferma da un grande fiocco di raso bianco. Sistemata la rosa nel bagagliaio via diretto per la seconda tappa! Per tante mattine i due avevano declamato la bontà delle brioche di un antico forno e Ale voleva fare colazione proprio con una di quelle! Una volta all'interno del negozio, contornato da tante bontà e preso dal dubbio su quale prendere ne uscì con quattro tipi diversi! Una al cioccolato, una vuota, una al forno con cioccolato ed un'altra al forno con cioccolato bianco e nero! Era euforico Ale, avrebbe comprato tutto quello che era presente nel banco. Appena il tempo di uscire e di arrivare in auto che sente il "plin" di un messaggio, era Selvaggia!

"Buongiorno! Devo aspettare ancora tanto?"

esordì Selvaggia per stemperare la tensione.

"Buondì. Cinque minuti e sono da te"

ed avviò il motore della sua Mercedes in tutta fretta. Come capita sempre quando sei di fretta e vorresti la strada spianata, Ale si fermò al primo semaforo rosso. Il traffico era ancora intenso per l'ingresso dei ragazzi a scuola e quei cinque chilometri da percorrere stavano diventando un percorso irto di ostacoli. Nonostante il traffico in poco più di dieci minuti Ale si ritrovò nei pressi del complesso residenziale dove abitava Selvaggia. Le disposizioni erano di lasciare l'auto lontana dall'ingresso principale e di accedere dal varco sul retro per provare a passare inosservato. Ale aveva con se lo zainetto che usava quotidianamente per il lavoro dove aveva sistemato la colazione ma aveva un piccolo problema da risolvere. La rosa! Un professionista che entra in un complesso residenziale dove vivono oltre cinquanta famiglie può anche passare inosservato, ma se lo fa con una rosa in pugno il discorso si complica! Sceso dall'auto si sistemò lo zaino ed aprì il bagagliaio. L'unica soluzione era quella di sistemarla sotto il lungo cappotto doppiopetto grigio che indossava. Era l'unico modo per provare a nasconderla ma doveva anche fare attenzione a non rovinarla! E così fece. Con passo spedito, occhiali da sole per controllare senza essere visto se c'erano occhi indiscreti, si avvicinò al cancello posteriore, che fortunatamente trovò aperto, ed entrò. Il più era fatto! Selvaggia aveva già aperto il cancello per evitargli di bussare e Ale arrivò agevolmente alla porta. Nella sua testa stava ripercorrendo le stesse emozioni di venti anni prima, di quando faceva di corsa i quattro piani che lo portavano alla mansarda di Selvaggia! Lei era ad attenderlo dietro la porta semichiusa. Un istante prima di entrare Ale tira fuori la rosa e, con un gran sorriso, la porge a Selvaggia! Gli occhi di Selvaggia si illuminarono. Restò colpita dal gesto del suo Ale, non se lo aspettava! La sorpresa era riuscita.

"Ma tu sei davvero unico!"

furono le prime parole di Selvaggia. Sistemò la rosa sul tavolo all'ingresso e strinse forte a se Ale. Prese la testa di Ale con entrambe le mani e la avvicinò alla sua per baciarlo.

"Dai, vieni, andiamo di la che ti ho preparato una cosa"
e guidò Ale in cucina.

"Mettiti comodo. Puoi tranquillamente lasciare il cappotto e la giacca sul divano, io ho preparato un caffè, a me non piace ma spero che sia buono. Sei un bevitore di caffè e non vorrei fare brutta figura!".

"Ma dai - replicò Ale - che brutta figura, sarà di sicuro buonissimo"

"Vedi che ti ho preparato!"

Selvaggia sapeva che ad Ale piaceva tanto il tiramisù e con la scusa di prepararlo per se il giorno prima lo aveva fatto per la colazione!

"Noo, tu sei pazza! E quando lo hai preparato?"

"Ieri pomeriggio, con la scusa che le ragazze lo volevano ne ho preparata una porzione solo per noi!"

"Grazie. Io ho preso anche le brioche! Sono nello zaino, ma

preferisco il tuo tiramisù"

"E poi la pazza sarei io! Ma dove hai trovato il tempo di fare tutto ciò? Le brioche le mangiamo più tardi ma adesso almeno un po' voglio provarla. Dai, prendile"

Intanto il caffè era pronto e Selvaggia lo versò e prese un succo per lei. Era bellissima come sempre. Il trucco era molto più leggero del solito. Aveva accolto Ale come si accoglie uno di famiglia, indossando il pantalone di una tuta blu, scarpette da ginnastica bianche e una t-shirt bianca molto aderente. Era sensualissima nella sua semplicità.

"Vieni, sei tutta sporca di zucchero!"

disse Ale avvicinando il palmo della mano destra al mento di Selvaggia mentre con il pollice accarezzava dolcemente le labbra per portar via lo zucchero della brioche. Selvaggia si alzò e si andò a sedere sulla gamba sinistra di Ale.

"Perché non me lo togli così?"

ed avvicinò le sue labbra a quelle di Ale che iniziò delicatamente a passare la punta della lingua. Appena la lingua si avvicinò alle labbra Selvaggia la fece sua e tirò a se la testa di Ale per dar vita ad un sensuale ballo tra le loro lingue. Mentre le mani di Ale iniziavano ad accarezzare la schiena di Selvaggia lei gli sfilò la cravatta ed iniziò a sbottonare la camicia.

"Dai, toglila, meglio non rischiare".

Ale si sfilò la camicia e si stava sedendo di nuovo quando Selvaggia lo ferma.

"No! Vieni, andiamo di là",

e portò Ale in camera da letto.

"Ho perso un po' di tempo questa mattina perché ho cambiato anche le lenzuola, non mi andava di farti stare nelle stesse lenzuola dove ha dormito lui. Il letto deve essere solo nostro!"

Sfilate via solo le scarpe si lanciarono sul letto. Ale strinse forte Selvaggia fino a sentire il battito del suo cuore ed iniziò sensualmente a baciarla. La mano sinistra si muoveva lentamente dietro la schiena di Selvaggia fino ad infilarsi all'interno del pantalone della tuta per fermarsi proprio al centro delle natiche.

Appena avvertita la mano sulla pelle Selvaggia spinse forte il suo pube verso le parti basse di Ale che era già visibilmente eccitato.

"Mhhh, siamo già belli eccitati"

disse appena sentì il pene che rigonfiava i pantaloni di Ale ed allungò la mano destra per stringerlo forte!

"Lo voglio!",

e si allontanò per slacciare e sfilare il pantalone. Ale indossava un boxer elasticizzato di Armani che a stento conteneva il suo "attrezzo"! Selvaggia lo guardò per un istante e poi sfilò via anche il boxer.

"Mamma mia! Che bello!"

esclamò mentre, in ginocchio tra le sue gambe, lo teneva stretto nella mano destra e con la sinistra massaggiava i testicoli. Ale era quasi totalmente depilato tranne per una leggera peluria che ricopriva il pube e metteva in bella mostra un pene niente male. Selvaggia avvicinò la lingua al frenulo che, grazie alla presa molto stretta, era tesissimo e sentiva le vibrazioni di piacere che provava Ale. Mentre Selvaggia succhiava il grosso uccello già immaginava il momento in cui Ale sarebbe stato dentro di lei e teneva strette le gambe per stimolare ancora più il clitoride. "Non lo ricordavo così grosso! Disteso a letto, in tutto il suo splendore è davvero fantastico" pensava Selvaggia mentre se lo infilava fino in gola.

Ale spostò la schiena e con entrambe le mani prese la t-shirt di Selvaggia per sfilarla e la costrinse ad abbandonare per un attimo il gioiellino che aveva stretto tra le mani. Erano seduti uno difronte all'altro e Selvaggia indossava un reggiseno di pizzo bianco che conteneva una perfetta terza. Con una mossa rapida Ale sganciò il reggiseno e, mentre con la mano sinistra cingeva la schiena di Selvaggia, con la mano destra prese il suo seno tra le mani ed iniziò a far ruotare la punta della lingua vicino al capezzolo che ormai era durissimo. Con un gesto improvviso Selvaggia spinge nuovamente giù Ale e lo fa distendere mentre lei stringe forte il cazzo turgido e bagnato tra i suoi seni aiutandosi con le mani. Lo spettacolo che si presenta agli occhi di Ale è davvero mozzafiato tanto da dover distogliere lo sguardo. Ancora pochi minuti ed Ale balza dal cuscino e scaccia via Selvaggia. La prende con forza e la fa distendere dall'altro lato del letto e le sfila il pantalone della tuta. Davanti a lui Selvaggia in tutta la sua bellezza con indosso solo una brasiliana bianca. La guarda con occhi pieni d'amore per pochi istanti e poi, molto dolcemente, sfila via anche l'ultimo ostacolo. È bellissima. Sul suo corpo neanche l'ombra di un "pelino" e un neo sul lato sinistro del pube che rendeva la sua intimità ancora più bella. Inizia a baciare delicatamente l'interno coscia mentre Selvaggia e totalmente abbandonata a se stessa. Le gambe sono aperte e rilassate mentre lui si avvicina alla vulva e prende tra le sue labbra le grandi labbra di Selvaggia. È bagnatissima ed ha un sapore leggermente dolciastro. Sente che Selvaggia si sta totalmente abbandonando a lui ed inizia a scoparla con due dita mentre con la lingua stimola il clitoride con un movimento ininterrotto. Selvaggia si bagna sempre più ed è al limite dell'orgasmo quando ad un tratto mette la sua mano destra sulla fronte di Ale.

"Basta, così mi fai venire! Voglio il tuo cazzo dentro di me!".

Ale si sposta con il pene vicino a lei e, tenendolo con la mano destra, inizia a strisciare il glande tra le grandi labbra ed il clitoride. Selvaggia inarca la schiena, ha gli occhi chiusi e la bocca semiaperta che lascia intravedere la lingua. Ale lo poggia dolcemente all'interno e tira piano a se Selvaggia con entrambe le mani prendendola dai fianchi. Lei allarga ed intreccia le gambe dietro la schiena di Ale per accoglierlo totalmente dentro. Selvaggia lo sente sbattere forte dentro fino a stimolare punti inesplorati. È totalmente piena di lui. Ale si avvicina al seno ed inizia a succhiare il capezzolo mentre continua a spingere forte.

"Aspetta! Voglio stare sopra di te!"

dice Selvaggia costringendolo a fermare le sue spinte.

Si piazza a cavalcioni su di lui e con la mano destra dirige il cazzo dentro di lei ed inizia a cavalcare. Selvaggia sente prossimo l'orgasmo. In questa posizione il grosso cazzo di Ale spinge dritto sul punto G e la stimola ad accentuare il suo ritmo. Ale trattiene forte il respiro e chiude gli occhi, sente che anche per lui l'orgasmo e vicino. Selvaggia si muove velocemente facendo roteare il bacino senza più cavalcare dicendo solo

"si, si, si, si, si, siiiii"

fino a raggiungere l'orgasmo ed abbandonarsi sfinita sul petto di Ale che dal canto suo continua a spingere forte. Ancora pochi colpi e sposta di nuovo Selvaggia con la schiena sul letto e, alzandole le gambe con entrambe le mani la penetra con forza. Appena sente che è prossimo all'orgasmo esce e continua a sbatterlo con le mani fino a schizzare tutto il suo seme tra la pancia ed il seno di Selvaggia.

Con l'espressione piena di gioia si distende accanto a Selvaggia e, con il gomito piantato nel cuscino e la mano destra a sorreggere la testa, la fissa ed esclama *"non è possibile! Mi hai riportato indietro nel tempo. È stato davvero come venti anni fa, anzi, ti dico di più, è stato anche molto più bello".*

Selvaggia lo fissava con occhi languidi ed un leggero sorriso sulle labbra, con la mano destra gli accarezzava dolcemente il viso e, con un filo di voce, sussurrò

"sei davvero tanto dolce! Ci siamo lasciati che eri un giovanotto e ti ritrovo uomo ma con la stessissima dolcezza!".

"Sai che ti dico, io quasi quasi andrei a prendere una brioche – propose Ale – *che dici? La mangiamo a letto?"*

"Va benissimo, ma io tutta non la mangio, facciamo a metà?"

"Va bene, allora corro a prenderla!"

Ale si alzò dal letto completamente nudo con Selvaggia che lo scrutava sorridendo ed esclamò

"Ah però! Niente male il mio vecchietto!"

Prendendolo in giro come faceva di solito per i sei anni di differenza di età. Completamente nudi, poggiati alla testiera del letto mangiarono la brioche.

"Squisitissima. Mhhh – esclamò Selvaggia – *davvero buonissima. Vado a prendere qualcosa da bere e chiamo anche un attimo loro per vedere come sta andando"*

e si alzò dal letto mostrandosi in tutta la sua bellezza. Il corpo di Selvaggia restava perfetto nonostante avesse superato i quaranta da quattro anni. Sentendosi osservata iniziò ad ancheggiare mettendo ancora di più in risalto un fondoschiena da urlo!

Ale restò solo nella penombra della camera da letto a rivivere i momenti appena trascorsi. La tensione dei primi istanti era ormai alle spalle. Selvaggia lo aveva messo subito a suo agio e poi del resto non erano certo due estranei.

"Succo d'arancia, acqua o coca?"
propose Selvaggia appena rientrata in camera.
"Solo un po' d'acqua. Lo verso io, tranquilla, lascia fare a me".
E si distesero di nuovo stretti in un abbraccio.

"Come vorrei fermare il tempo" esclamò Selvaggia un istante prima di baciare e stringere forte a se Ale. Il contatto dei due corpi nudi e l'intreccio delle gambe fece nuovamente salire la temperatura sotto le lenzuola. Ale le accarezzava dolcemente la schiena e la baciava sul collo e dietro l'orecchio. Selvaggia era tutto un brivido e, sentendo il pene di nuovo duro che spingeva sul ventre, allungò la mano per sentirlo meglio e tenerlo stretto e poi si girò sul fianco destro, dandogli le spalle e, aiutandosi con la mano, adagiò il cazzo nella sua fica di nuovo pregna di piacere. Ale continuava a baciarle il collo alternando a morsi delicati al lobo dell'orecchio. Selvaggia era ancora più eccitata della prima volta e ben presto raggiunse l'orgasmo.

"Dai, ho voglia di cavalcarti un po'"
disse Selvaggia e si girò per andarsi a mettere a cavalcioni su di lui. Era sempre stata la sua posizione preferita. Da donna autoritaria qual'era le consentiva il pieno controllo e Ale la lasciava fare visto che aveva la possibilità di poterla ammirare in tutto il suo splendore. Complici le spinte senza sosta di Selvaggia, raggiunse un nuovo orgasmo e lei si spostò appena in tempo e lo strinse con la mano facendolo godere.

Distesa accanto a lui, sul fianco sinistro e con la gamba infilata tra le gambe di Ale, riviveva le scene di venti anni prima. Quel ragazzone che le aveva fatto perdere la testa era adesso accanto a lei, nel suo letto, e le trasmetteva una carica sessuale ancora più intensa di prima.

"Amore, che dici di andare a mangiare un po' di tiramisù e ti

preparo un bel caffè? Ti prendo un accappatoio?"

"No, tranquilla, mi basta un telo grande"

Selvaggia era intenta a preparare il caffè e indossava solo una t-shirt e una "brasiliana" mentre Ale, a tavola, gustava il tiramisù e la ammirava estasiato. La t-shirt metteva in risalto il fondoschiena tondo e sodo e, sentendosi osservata, Selvy accentuava sempre più le sue movenze. Approfittando di un attimo di distrazione Ale si fiondò alle sue spalle per sculacciarla amorevolmente. Selvaggia apprezzò il gesto e sorrise di gusto ricambiando con un bacio dolce e amorevole.

"Dai, siediti. Tieniti lontano da me altrimenti mi fai di nuovo venire <strane> idee!"

Ale per tutta risposta la sollevò di peso per accomodarla sul piano della cucina prendendogli il viso e baciandola con forza. Il sibilo del caffè ormai pronto nella moka interruppe lo slancio di passione.

"Davvero un ottimo caffè, ci voleva proprio"

Occhi negli occhi si raccontarono un po' di loro comodamente seduti a tavola quando, dopo qualche minuto, Selvaggia propose:

"Che dici? Andiamo a metterci comodi a letto?

Ale non si fece pregare e, tenendo stretta a se Selvaggia, andarono in camera da letto. Distesi sul letto continuarono a parlare di loro e delle loro vite. Selvaggia era un fiume in piena, tutta intenta a raccontare di se mentre Ale le accarezzava il viso ed i capelli spostandoli dietro l'orecchio. Pochi minuti e i loro corpi erano di nuovo a contatto. Un bacio molto intenso interruppe il racconto di Selvaggia e si ritrovarono di nuovo eccitati con le mani che andavano ad esplorare i rispettivi corpi.

"Dio mio! – esclamò Selvaggia – *il tuo cazzo e di nuovo bello duro! Ti voglio di nuovo dentro di me. Non ti lascerei mai*

uscire, è bellissimo tenerti dentro. Mi riempi tutta"

Ale spingeva con vigore assecondando ogni piacere di Selvaggia.

"Dai, leccamela un po', mi piace tantissimo come lo fai"

La lingua di Ale si muoveva con maestria fino a portarla all'apice del piacere e si ritrovò con il viso totalmente bagnato dei suoi umori.

"Che sei? Mi hai portato in paradiso"

Senza muoversi dalla sua posizione Selvaggia lo accolse di nuovo dentro di se e Ale ricominciò a spingere con inaudita violenza. Il corpo di Selvy vibrava forte mentre urlava per l'intenso piacere. Le spinte erano sempre più intense fino all'esplosione di piacere sul ventre. Sfiniti si distesero abbracciati.

"Ma che sei? E' instancabile il mio vecchietto! E' stato fantastico, fai l'amore in modo divino"

"Facciamo l'amore in modo divino" replicò Ale.

Restarono distesi a letto a scambiarsi carezze e continuare i racconti iniziati in cucina. Il tempo era volato. Erano le 12:30 quando Selvaggia guidò Ale in bagno e gli indicò il telo da usare dopo la doccia, e restò in bagno per qualche istante per ammirarlo mentre si passava il bagnoschiuma.

"La prossima volta voglio farlo sotto la doccia!" disse Selvaggia mentre lo guardava insaponarsi il membro e pensava "ha proprio un bel cazzo il mio uomo, mi lancerei anch'io sotto la doccia ed andrei a sbatterglielo un po' ma, vista l'ora, forse è meglio che, per non cadere in tentazione, esco dal bagno".

"Vado a sistemare un po' in camera da letto" e, mentre lo mangiava con gli occhi, uscì dal bagno.

Ale era intento ad asciugarsi davanti allo specchio del bagno e ripensava alla mattinata con Selvaggia e non si accorse neanche

che lei era ferma sull'uscio a guardarlo.

"Sei davvero bello! Non mi stancherei mai di guardarti!" disse Selvaggia appena i loro sguardi si incrociarono. Gli occhi di Ale si illuminarono e sorrise di gusto continuando ad asciugarsi con ai piedi gli infradito del marito! Il pensiero di Selvaggia volava a venti anni prima, quando dalla porta del bagno della sua mansarda ammirava il giovane Ale che faceva la doccia dopo una notte di sesso sfrenato. Erano passati venti anni e quel ragazzo le faceva provare ancora sensazioni uniche, anzi – pensava Selvaggia – forse è ancora meglio!

"Ancora devo varcare quella porta e già mi manchi da morire" disse Ale salutando la sua Selvaggia in piedi con lo zaino in spalla e pronto ad uscire. Il dolce profumo di Ale aveva invaso tutta la casa e in ogni angolo si avvertiva la sua presenza. Selvaggia si rilassò sul divano con la testa poggiata sul bracciolo a fissare il soffitto ed a rivivere le ore appena trascorse. Tanti erano in lei i rimpianti per non aver tenuto stretto Ale venti anni prima. Nella sua testa il sogno di una vita con lui, quell'uomo così dolce, amorevole, premuroso e che fa l'amore divinamente, non poteva esserselo fatto scappare con tanta facilità. Ma ormai gli anni erano passati e non restava altro che vivere la splendida quotidianità di un grande amore ritrovato.

La mattina seguente, il sabato, Ale uscì di casa alle 8:30 e, su indicazione di Selvaggia, andò direttamente da lei, c'era ancora il tiramisù del giorno prima da consumare ed era rimasta intatta anche una brioche. Selvaggia era ad attenderlo dietro la porta e, appena lo vide dallo spioncino, aprì per farlo entrare. Uno sguardo intenso, il viso di Selvaggia che si avvicina. Quell'istante prima del bacio è un momento magico. Quando senti che sta per scoccare e il cuore parte all'impazzata. Quell'attimo.

Quell'attimo prima è una cosa stupenda, che dovrebbe durare molto più di un attimo! Un bacio carico di passione, scambiato dietro la porta appena chiusa, accolse Ale nel migliore dei modi.

"Dai, vieni in cucina, la moka è già pronta, ti preparo un bel caffè" disse Selvaggia mentre gli stringeva la mano. Ale indossava un jeans con scarpe da ginnastica ed un maglioncino rosso. Poggiò il giubbino sul divano e si andò ad accomodare al tavolo in cucina alla sedia proprio accanto a Selvaggia intenta ad accendere il fornello con la moka. Gli occhi di Selvaggia avevano una luce stupenda, emanavano gioia, era incredula nel vedere accanto a lei l'uomo dei suoi sogni. Potergli preparare un buon caffè, fargli gustare un dolce fatto solo per lui e fare l'amore nel suo letto era il suo sogno da tanti anni e voleva godersi appieno ogni istante. Ale sorseggiò il caffè fissando Selvaggia dritta negli occhi con uno sguardo carico di desiderio, poi si avvicinò e le prese il viso tra le mani. Si avvicinò tanto da sentire il suo respiro e restò così per qualche istante prima di avvicinare le labbra alle sue. Dolcemente. Mordicchiava delicatamente il labbro inferiore mentre Selvaggia creò una piccola fessura tra le labbra che lasciava intravedere la lingua. Ale continuava a mordere il labbro quando lei, con la mano destra dietro la nuca, lo tirò per un bacio intenso e sensuale. Selvaggia si alzò di scatto dalla sedia e lo abbracciò stretto per il collo mentre Ale le stringeva forte il culo con tutt'e due le mani facendole sentire il cazzo duro sul ventre. In men che non si dica si ritrovarono a letto nudi ed eccitati a baciarsi vicendevolmente le loro intimità. Ale muoveva la lingua sul clitoride con grande maestria e la cosa era molto apprezzata da Selvaggia che ad ogni movimento della lingua di Ale succhiava sempre più forte il cazzo. Erano entrambi distesi sul fianco con Ale che aveva la testa totalmente immersa tra le

gambe di Selvaggia e con la mano destra stringeva forte il culo. Ad un tratto Ale le strappo letteralmente il cazzo dalla bocca e la fece distendere a pancia in giù piazzandosi dietro di lei. Con entrambe le mani le sollevò i fianchi e infilò con un colpo secco il cazzo duro nella fica bagnata, Selvaggia ebbe come un sussulto mentre emetteva gemiti di piacere sotto le spinte sempre più intense. Le palle, sbattendo, andavano a stimolarle il clitoride facendole perdere le forze e, in preda ad un piacere molto intenso, si abbandonò ad urla di piacere che preannunciavano un orgasmo imminente. Ale, si rese conto che Selvaggia era prossima all'orgasmo e aumentò ancora di più le spinte mentre con mano destra la sculacciava lei si abbandonò al piacere. Ale la fece girare leggermente sul fianco e la penetrò con forza mentre lei stava con una gamba distesa ed una piegata. Il grande cazzo di Ale in questa posizione le provocava un piacevole dolore. Le spinte sempre più profonde spingevano Selvaggia ad un lamento continuo mentre gocce del suo piacere scorrevano lungo la piegatura del culo. Il piacere era tanto intenso, Selvaggia si sentiva davvero in paradiso, quando ad un tratto Ale tirò fuori il cazzo inondandola tutta con il suo sperma. Sfinito, si abbandonò accanto a lei, sul fianco, e la teneva stretta a se con il braccio destro che le passava tra testa e spalla e la mano adagiata sul seno, mentre con il braccio sinistro la stringeva in vita, incurante dello sperma che colava sui fianchi. I loro corpi caldi erano uniti in un tutt'uno, tanto che Selvaggia sentiva battere forte il cuore di Ale e il respiro, profondo ed intenso, sul suo collo, le provocava uno stato di estasi. Con Ale non era semplicemente fare l'amore, era piuttosto come addentrarsi per le strade del paradiso. Un piacere tanto intenso da spingerla a voler andare avanti ad oltranza, ben assecondata da un Ale pronto ad esaudire ogni suo più recondito desiderio.

"Sei unica Selvy! Fare l'amore con te è qualcosa di fantastico. Andrei avanti per giorni interi, mi hai fatto ritornare un ragazzino. Che bello!" furono le prime parole che Ale sussurrò al suo orecchio mentre la teneva abbracciata forte a sé.

"Tu non hai la minima idea del piacere che mi provochi. Il solo pensiero di te mi fa bagnare tutta. Lo farei tutti i giorni per tutto il giorno ma purtroppo sai bene che non è possibile. Però voglio farlo ogni volta che se ne presenta la possibilità. Stare con te mi fa sentire davvero in paradiso." replicò con un filo di voce Selvaggia mentre con la mano destra accarezzava la mano che Ale le teneva sul seno. Restarono così, in silenzio, per diversi minuti e poi Ale

"Che dici, ce lo facciamo un bel caffè?" e si alzarono diretti in cucina. Selvaggia indossò solo un perizoma e la giacca della tuta ed Ale mise solo il boxer. Giusto il tempo di preparare la moka che squilla il cellulare di Selvaggia, è il marito!

"Metti il cellulare muto che rispondo un attimo, vediamo che vuole!" e si allontanò nel salone per rispondere. Ale si prese cura della moka mentre Selvaggia discuteva animatamente con il marito che le chiedeva perché fosse ancora a casa e lei che ribatteva piccata che aveva molte cose da fare e che li avrebbe raggiunti dopo. Appena chiusa la telefonata, ancora molto agitata, rientra in cucina e si dirige diretta verso Ale, prendendogli il viso e baciandolo con forza. Quando le loro bocche si staccano il respiro di Selvaggia è pesante. Lui la guarda preoccupato.

"Ehi... Cos'hai" chiese Ale ad una agitata Selvaggia.

"Ho bisogno di te" rispose Selvaggia con tono perentorio.

Ale continuava a guardarla, cercando di capire cosa le passasse per la testa, ma la verità è che lei, dopo aver sentito Dario, non aveva alcuna intenzione di far svanire la magia che si era creata, voleva sentirsi amata e stare bene, e Ale riusciva a dargli tutto quello che il suo cuore desiderava.

"Aiutami a cancellare dalla mia testa tutti i pensieri. Voglio pensare solo a te. Solo a noi!" gli sussurrò accarezzandogli il viso. *"Fa di nuovo l'amore con me."*

Gli occhi di Ale avevano un dolce luccichio.

"Sono pronto a darti tutto quello che vuoi, Selvy" replica e le sue labbra premono con forza su quelle di Selvaggia.

Il corpo di Selvaggia inizia nuovamente ad ardere di passione, lo circonda con le braccia e lui la solleva da terra. Avvinghia le gambe attorno al suo corpo, mentre Ale cammina per poi adagiarla sul tavolo. La stringe forte a sé e la sua erezione preme contro di lei.

Dio mio, pensò Selvaggia, non vedo l'ora di prenderlo di nuovo... Le carezze si intensificano, Ale le stringe forte i fianchi prima di sfilare via i pochi indumenti che separavano i loro corpi. Mordicchia i capezzoli, facendoli tendere e gonfiare.

"Ah!" sfugge un gemito a Selvaggia.

La mano di Ale scende giù, verso il pube, per poi spingersi contro il clitoride. Con il pollice inizia a seguire dei movimenti circolari e perfetti, mandandola letteralmente in paradiso.

Lei stringe e massaggia il suo uccello per tutta la sua lunghezza, provocandogli piacere. Poi lentamente Ale infila l'indice dentro di lei, seguito dal medio.

Lei si inarca e spinge contro la sua mano.

"Mi piace vederti impazzire" sussurra lui famelico.

Qualsiasi cosa lui dica, è una dolce melodia per il corpo di Selvaggia. La eccita fino a portarla in posti lontani.

"Ti voglio Ale, ti voglio" ansima Selvaggia nella sua bocca

mentre continua a spingersi contro le sue dita.

All'improvviso le sfila facendola sussultare, le prende le gambe, divaricandole di più. Lei libera il suo sesso dalla presa e lo fissa mentre la penetra.

Chiude gli occhi, godendosi la magnifica sensazione e urla quando a un tratto Ale spinge affondando.

"Oddio Ale!" grida, ma la sua voce viene mozzata da un bacio bruciante.

Le loro lingue si rincontrano, mentre Ale inarca il bacino contro di lei. Selvaggia si aggrappa alle sue spalle perché sente di poter cadere da un momento all'altro. Lui la solleva leggermente dal tavolo, tenendola dalle gambe e inizia a seguire dei movimenti perfetti, facendole sentire quanto la desidera, quanto ha fame di lei e quanto la brama.

Selvaggia continua a baciarlo e a mordergli il labbro, grata del posto in cui la sta portando pian piano. Continua a tenersi forte a lui mentre con una mano gli accarezza la testa.

I movimenti di Ale diventano sempre più intensi e violenti, le loro bocche si incontrano per poi gemere in contemporanea. Ad Ale esce un verso gutturale, terribilmente eccitante.

Tutte le emozioni provate in questi due giorni soffocano Selvaggia. L'eccitazione è al limite, la sua mente si svuota ed il corpo finalmente si libera definitivamente, con lacrime di gioia che solcano il suo viso.

Ale la stringe forte a sé.

"Ti amo" sussurra Selvaggia.

Lui si irrigidisce, arrivando all'apice del piacere, per poi rimettere a sedere sul tavolo Selvaggia tenendola abbracciata.

Ale la accarezza e la sua bocca preme contro i capelli.

"Ti amo anch'io Selvy." Mentre la teneva forte a sé, facendola

sentire protetta. Selvaggia affonda la faccia nel suo collo mentre lui continua a coccolarla e cullarla.

"Dai, andiamo a letto" disse Ale prendendo in braccio Selvaggia per condurla in camera da letto e lanciarla di peso sul letto per poi saltare al suo fianco ed abbandonarsi ad una dolce risata. Erano davvero felici. Avevano vissuto due giorni tutti per loro, ma adesso il tempo a loro disposizione stava per esaurirsi. Selvaggia doveva ricongiungersi al resto della famiglia e non doveva creare dubbi in Dario. Fecero entrambi una doccia prima di ricomporsi. Selvaggia si stava truccando quando squilla di nuovo il suo cellulare, è di nuovo Dario. Il dialogo tra i due è ancora più acceso del precedente. Dario non crede alle parole di Selvaggia ed alle motivazioni della sua mancata partenza, tanto che arriva a dubitare che ci possa essere qualcuno a casa. Lo si intuisce dalle risposte di Selvaggia, che gli da del matto dicendogli "ma chi vuoi che ci sia a casa? Sono sola". Era il segnale evidente che dovevano accelerare i tempi. Ale insistette per scortarla nei quasi 200 chilometri. Non aveva alcuna intenzione di lasciarla andare via da sola. Appena in macchina lei avvisò subito Dario che era partita, per tranquillizzarlo, e poi iniziò una lunghissima telefonata con il suo Ale che amorevolmente la scortava. Dopo circa due ore, lasciata l'autostrada, a pochi chilometri dall'arrivo, si fermarono per salutarsi. Scesi dall'auto si salutarono con un caldo abbraccio ed un bacio scambiato *alla luce del sole,* incuranti delle persone che erano presenti nel parcheggio di quel caseificio. Ale riprese la strada del ritorno in tutta fretta. Era quasi ora di pranzo e lui si trovava lontanissimo da casa, essendo sabato aveva poche scuse lavorative da usare con la moglie. Dopo circa quindici minuti Selvaggia gli invia un messaggio per avvisarlo che era arrivata e gli

chiese di fare altrettanto quando sarebbe arrivato lui. Sfidando tutte le leggi della fisica e contro tutte le norme del codice della strada, Ale in un ora e dieci minuti arrivò a casa, in perfetto orario per il pranzo.

La settimana seguente si incontrarono tutte le sere, anche solo per un bacio, in quello che ormai era diventato *il nostro posto!*

Il parcheggio di quelle aziende in periferia era ormai un luogo familiare.

"Amore mio! Ho avuto un'idea" disse Ale in uno dei tanti messaggi che si scambiava con Selvaggia.

"Dai, sentiamo. Cosa hai pensato?"

"Questa mattina, mentre cercavo tutt'altro, ho visto che ci sono dei piccoli e graziosi appartamentini, già arredati, in periferia! Che ne pensi se approfondiamo?"

"Siiiiiiii – rispose Selvaggia lasciando trapelare tutta la sua gioia – sarà il nostro nido d'amore, la nostra alcova. Sarà bellissimo poterla arredare insieme a te e curare ogni minimo dettaglio. Dai dai amore mio. Appena vedi qualcosa che ti piace inviami subito le foto"

"Sono davvero contento che l'idea ti piace. Mi metto subito alla ricerca di quello che può fare al caso nostro"

Ale trattava solo immobili di pregio, il fitto dell'appartamentino in periferia doveva passare attraverso un collega che, ovviamente, avrebbe saputo della cosa! Si rese subito conto che la strada non era percorribile, questo doveva essere un segreto tra lui e Selvaggia e coinvolgere un terzo intermediario li avrebbe esposti a rischi troppo alti. Allora Ale focalizzò la sua ricerca solo tra i fitti proposti da privati ed inviò diverse opzioni a Selvaggia.

"Amore! Guarda questo, è davvero bello peccato che non ci sono posti auto all'interno e, lasciando le auto sulla strada, siamo

troppo esposti"

"Esattissimo! Dai dai, fammi vedere altro!"

"Ecco, vedi quest'altro. Il posto è ottimo. C'è anche il garage, però secondo me l'arredamento è davvero brutto, sarebbe tutto da rifare, tanto vale a questo punto prenderlo non arredato"

"Hai perfettamente ragione anche su questo. Dai che con il tuo occhio di sicuro trovi quello che fa per noi"

"Forse ho trovato! Mansarda – ti ricorda qualcosa? – di 60mq. Arredata con gusto, una bella camera da letto ed il parquet in tutta la casa. Nel condominio, grandissimo, ci sono oltre 100 famiglie che di sicuro non faranno caso a noi che andiamo di tanto in tanto. C'è il garage con l'ascensore che porta direttamente in mansarda. Penso si può valutare, che dici?"

"Ma è bellissima amore mio. Hai visto che doccia grandissima che ha? Già immagino noi due a fare l'amore tutti insaponati! Mi piace davvero tanto. Resta solo da capire se ci abita qualcuno che conosciamo"

"Questo lo vedremo, ovviamente, prima di concludere il contratto, intanto chiamo il proprietario per vedere se è ancora disponibile e se posso andarla a vedere, semmai ci vado prima io da solo, con il mio lavoro posso tranquillamente andare a visionare un immobile, nessuno saprà mai che poi è il nostro!"

Restarono per circa un ora a fantasticare su quello che sarebbe ben presto diventato il loro nido d'amore. L'idea di potersi vedere liberamente, in un posto tutto loro, li eccitava non poco, e fantasticavano sul colore delle lenzuola e su cosa tenere in dispensa, su qualche quadro da appendere qua e la e sulla *Nivea* che assolutamente non doveva mancare.

Prima di andare a pranzo Ale chiamò per ben due volte il numero di telefono indicato sull'annuncio senza ottenere nessuna risposta. Lasciò l'ufficio ed andò a pranzo confidando che il proprietario dell'immobile avrebbe trovato le telefonate ed avrebbe richiamato altrimenti nel pomeriggio provvedeva lui a richiamare. Verso le 16 al cellulare di Ale arriva una chiamata da un numero non visibile. Pensando fosse il proprietario del mini appartamento rispose con il cuore a mille. Dall'altro capo del telefono, una voce femminile, in un Italiano stentato, inizia a discettare frasi sconnesse e per lui senza alcun senso.

"Sei tu Ale? – esordì la donna – *devi lasciar stare Selvaggia. Non pensarla più, non chiamarla e non scriverle più messaggi. Ho già avvisato anche il marito e adesso lo dico al cognato poliziotto, se non ti allontani da lei io ti rovino"*

Ale si mise a sedere alla sua poltrona ed iniziò a pensare chi potesse esserci dietro la telefonata minatoria. Rianalizzò parola per parola tutto il dialogo con quella persona e comprese fin da subito che la donna stava solo "prestando" la voce alla telefonata, dietro c'era un'altra persona, e con ogni probabilità un uomo! La persona che parlava conosceva pochissime cose di Ale ma era ben informata su Selvaggia, quindi poteva essere solo una persona legata al suo ambiente. Incurante del fatto che era venerdì e Selvaggia era al lavoro anche di pomeriggio la chiamò senza esitare.

"Ciao Selvy, pochi minuti fa ho ricevuto una telefonata – e le raccontò tutto il dialogo – *era una donna, ma sono sicuro che dietro c'è un uomo! E quest'uomo è legato al tuo ambiente di lavoro!"*

"Mi ha chiamato anche Dario per dirmi che aveva ricevuto una telefonata da una donna, e il tono usato era molto simile a quello usato con te, di sicuro era la stessa persona. Io comunque penso di aver capito chi può esserci dietro a tutto ciò, lasciami dieci

minuti e ti richiamo io!"

In quei pochi minuti Ale analizzò di nuovo l'accaduto. Se quelle persone volevano effettivamente fargli del male avrebbero chiamato Sara e non lui, avendo chiamato lui era evidente che il vero obiettivo era Selvaggia, ma cosa avevano detto al marito restava ancora un mistero. Trascorsero anche meno di dieci minuti e Selvaggia richiamò.

"Sono scesa un attimo giù ad affrontare una persona. Un tale Antonio che si comporta in modo strano con me da un bel po'. Sarà stato per un eccesso di confidenza da parte mia ma questo forse si era innamorato. Avevo notato che oggi ad un certo punto si era allontanato per poi rientrare dopo una mezz'ora e proprio in concomitanza delle telefonate a te e Dario. Sono sicura che è stato lui, ma puoi star certo che adesso me la paga"

"Ecco, io lo avevo intuito fin da subito che il bastardo covava tra i tuoi colleghi. Però a me sta cosa suona strana. Sono cose del tuo passato e lungi da me l'idea di voler giudicare, ma non è che con questo tizio c'è stata una qualche storia? Puoi tranquillamente dirlo, non ci resto male, perché così mi sembra davvero eccessiva come azione per uno che non aveva niente a che spartire con te tranne un platonico innamoramento! E poi, a Dario che hanno detto?"

"Ale! Ti ho detto che con questo non c'è mai stato niente e devi credermi, punto! Riguardo a Dario, mi ha detto che poi mi racconta meglio questa sera, ma gli avrebbero detto solo di tenere d'occhio la moglie che si vedeva con un'altra persona. Di questo non ti devi preoccupare, so io come tenerlo a bada. Gli racconto tutta la verità! Ovviamente la mia verità. Gli dico che questo bastardo si era preso una brutta cotta per me e, avendo notato dei tuoi commenti sotto alcuni miei post, era andato in

gelosia ed aveva chiamato sia te che lui. Gli dico anche che tu mi hai chiamata per dirmi che una pazza ti aveva chiamato per minacciarti e che temevi che questa persona potesse chiamare tua moglie e farti finire in un guaio senza assolutamente aver commesso niente. Sta tranquillo, mi crederà!"

"Ok, mi fido di te. Però penso che adesso i tempi siano maturi affinché tu vada via dal quel covo di vipere. Questo è un pazzo ed a me non va che tu continui a restarci a contatto, potrebbe farti del male ed io non voglio vivere con il terrore che possa accaderti qualcosa di brutto."

Il week end trascorse con la preoccupazione di come stava gestendo Selvaggia il chiarimento con il marito. Prima di salutarsi si erano accordati sul non scriversi per evitare rischi e che lei lo avrebbe aggiornato il lunedì mattina.

E così fu. Il lunedì Selvaggia lo chiamò ancor prima di arrivare in ufficio per tranquillizzarlo. Dario aveva ben compreso l'accaduto e addirittura era dispiaciuto che avevano coinvolto anche Ale in un problema non suo. Selvaggia fu di parola, era stata tanto convincente con Dario da metterlo sul punto di chiamare Ale per scusarsi. La telefonata fece decisamente tranquillizzare Ale anche se Selvaggia la concluse dicendo

"però adesso dobbiamo fare maggiore attenzione! Sono sicuro che Dario mi starà addosso e che anche questo bastardo che sta giù le proverà tutte per procurarsi delle prove della nostra relazione. Io intanto appena arrivo in ufficio comunico al capo quanto accaduto venerdì e vedo come si pone!"

Selvaggia arrivò in ufficio con la sola idea di andare subito a parlare con il capo ma, appena entrata, vide che chiuso nella stanza con il capo c'era il bastardo! Di sicuro stava raccontando la sua versione dei fatti e la cosa fece andare su tutte le furie

Selvaggia che, facendo finta di niente, si accomodò alla sua postazione in attesa di poter andare anche lei a dire la sua. Dopo circa mezz'ora Antonio uscì dalla stanza del capo senza neanche volgerle lo sguardo, nonostante lei lo guardava a mò di sfida, e subito dietro di lui anche il capo si allontanò. In tarda mattinata rientrò in ufficio e Selvaggia ne approfittò subito per entrare e chiudere la porta dietro di lei. Raccontò quanto accaduto il venerdì ed il coinvolgimento di persone che assolutamente non c'entravano niente. Il capo la ascoltava in silenzio e, una volta ultimato il racconto di Selvaggia, le disse.

"Sai Selvaggia, Antonio mi ha raccontato tutt'altro! Mi ha detto che tra te e lui c'è stata una storia, che lui ha lasciato la moglie per poter stare con te e che ti ha fatto anche tanti regali. Mi ha detto che la cosa è andata avanti per un bel po' e ad un certo punto tu lo hai abbandonato"

Queste affermazioni fecero quasi mancare Selvaggia che si sentiva spiazzata e tradita. Quell'*essere* aveva raccontato di ogni e a quanto pare il capo era anche ben propenso a crederlo. Tra loro c'era un legame a filo doppio. La società usava Antonio come prestanome per *losche* operazioni e la cosa poneva Selvaggia in una posizione di evidente svantaggio in una eventuale scelta su chi trattenere all'interno dell'azienda!

Nei giorni seguenti Dario, anche su pressione di Selvaggia, andò in ufficio a parlare con Salvatore, "il capo", per provare a capirci qualcosa in più su quanto accaduto. Salvatore, visto il rapporto di amicizia con Dario, diede ancora una ulteriore versione dei fatti mandando ancora più in confusione sia Selvaggia che Dario.

Furono giornate molto intense e, per non rischiare, i dialoghi tra Selvaggia e Ale si limitarono all'orario lavorativo visto che

Dario in diverse occasioni, con le scuse più svariate andò ad accompagnare, oppure a recuperare, Selvaggia dal posto di lavoro.

Il progetto del *nido d'amore* venne momentaneamente accantonato in quanto Selvaggia sempre con maggiore difficoltà riusciva a scappare da Ale.

Poco prima delle vacanze estive Selvaggia si recò con tutta la famiglia per qualche giorno a casa dai genitori che, vista la distanza, vedeva sempre meno spesso. Durante quei giorni, complice anche la distanza, iniziò a balenare nella sua testa l'idea di troncare quel rapporto tanto difficile da sembrare impossibile.

Ale era l'uomo che aveva sempre sognato. La faceva sentire donna, cosa che a Dario, di dieci anni più piccolo, non riusciva! Facevano l'amore in modo divino, c'era una stupenda sintonia tra loro. Grazie a lui aveva provato orgasmi da favola. Purtroppo però, c'era un però! Anche più di uno! Le figlie e Dario erano ostacoli insormontabili. Nel corso della settimana a casa dai genitori, ogni giorno con una scusa diversa, evitò sistematicamente di rispondere ai messaggi e non diede alcun cenno alle tante *Storie* condivise solo per lei su *Facebook*! In tutto ciò lui non indietreggiò e continuò imperterrito ad inviare messaggi e storie. In cuor suo sentiva che Selvaggia si stava allontanando, che la stava perdendo, ma non smise per un solo istante di farle sentire il suo amore.

Rientrata in città, Selvaggia riprese la quotidiana routine e riprese anche a rispondere con un tono più amorevole ai tanti messaggi di Ale. Ripresero anche gli incontri nel tardo pomeriggio. Dopo qualche settimana, mentre erano stretti in auto, Ale chiese

"Selvy, se ti chiedo una cosa mi prometti di rispondere

sinceramente?"

"Certo che si, perché non dovrei!"

"Quando sei stata a casa da tua madre avevi deciso di lasciarmi! Eri convinta, solo che poi ci hai ripensato!"

Selvaggia lo fissò dritto negli occhi per istanti interminabili. Senza proferire parola gli prese il viso con entrambe le mani e lo avvicinò a se. Spinse forte le sue labbra su quelle di Ale e lo baciò. Uno di quei baci caldi e passionali che facevano da corollario ad ogni incontro. Le lingue si intrecciano come per una danza caraibica. Quel bacio, con tutta la passione possibile, diede ad Ale la conferma di quelli che erano i suoi sospetti. L'amore però aveva avuto la meglio, e le labbra morbide e carnose di Selvaggia non mentivano. Le mani accarezzavano il viso dolcemente per poi scendere sul collo e finire sul petto. Selvaggia sbottonò un bottone della camicia ed infilò la mano per sentire il calore del suo corpo. Era totalmente avvinghiata ad Ale. Con la mano sinistra gli accarezzava la nuca, mentre lo baciava, e con la mano destra gli accarezzava il petto e sentiva il suo capezzolo diventare turgido dal piacere. Selvaggia pensò al cazzo duro di Ale e al tempo che era passato dall'ultima volta. Era già tutta bagnata.

"Ale mi sei mancato davvero tanto" sussurrò Selvaggia.

"Ho una voglia incredibile di te" e spostò la mano dal petto per stringere forte tra le mani il cazzo duro di Ale.

"Dai, aiutami ad abbassare il pantalone, ho voglia del tuo cazzo, lo voglio in bocca! Adesso! Subito!"

La lingua di Selvaggia ruotava intorno al glande per poi scendere dolcemente, lasciandolo scivolare tra le labbra socchiuse, fino ai testicoli, mentre con la mano sinistra iniziava a masturbarlo con forza. Lo teneva stretto tra le mani e sentiva forte le pulsazioni ogni volta che la sua lingua passava sulla parte bassa dei testicoli.

"Uhh..quanto mi piace farti impazzire! Hai un cazzo fantastico. Dai, voglio sentire il tuo caldo e dolce sperma!" e riprese a succhiarlo con forza spingendolo fino in gola. I colpi sempre più forti erano accompagnati da grugniti di pari intensità. I testicoli, che strizzava con la mano destra, la avvisarono che stava per essere inondata dal caldo piacere di Ale. Lo strinse con la mano sinistra e succhiò forte solo la cappella. Cinque spruzzi di sperma le riempirono la bocca e lei, dopo aver ingoiato, ricominciò a succhiare il cazzo in tutta la sua lunghezza per ripulirlo da ogni traccia di sperma e lucidarlo con la sua saliva.

"Il tuo sperma ha un sapore dolcissimo ed è troppo bello sentirlo esplodere nella mia bocca. Ti amo" disse Selvaggia poggiandosi con la testa sulla sua spalla.

Ale le prese il viso tra le mani e la baciò dolcemente assaporando ancora il piacevole sapore del suo sperma. Restarono in silenzio per qualche minuto, con Selvaggia che aveva la testa sulla spalla di Ale e lui con il braccio destro lungo tutta la sua schiena. Selvaggia aveva un respiro intenso, rilassato, e ripensava a quanto era andata vicina al perdere tutto ciò.

Mentre Ale si sistemava chiese a Selvaggia

"Mi prometti che se un giorno decidi di troncare la nostra relazione me lo dici chiaramente e non usi scuse per allontanarmi?"

"Ma io non ho mai pensato di lasciarti, sono stata semplicemente un po' giù per tutto quanto è accaduto, ma adesso è passato! Dai, non stare a pensare sempre alla stessa cosa!"

E gli diede un bacio sulla guancia mentre con la mano destra teneramente lo accarezzava. Le bastavano poche parole per tranquillizzare Ale che la ammirava innamorato e pendeva dalle sue labbra. Approfittando del momento, Ale le fece un'altra domanda

"che ne pensi allora dell'idea di prendere un appartamentino? Richiamo quella persona per vedere se è ancora disponibile?"

"No Ale – rispose Selvaggia – *vediamo un attimo come procede con Dario e poi ci regoliamo di conseguenza"*

"Va bene, vuol dire che per adesso mettiamo l'idea da parte, poi si vedrà!"

Prima di rimettere il rossetto, come ogni volta, Selvaggia diede un ultimo bacio ad Ale e scese dalla macchina per salire nella sua. Lui scese di corsa dalla sua Mercedes, come aveva fatto molte altre volte, e si avvicinò allo sportello dell'auto di Selvaggia per un ultimo bacio.

"Appena vai in macchina non dimenticare di tirar via il rossetto, sei tutto macchiato" gli ricordò Selvaggia prima di andar via.

I blitz di Dario sul posto di lavoro di Selvaggia erano diventati quotidiani, arrivava negli orari più disparati e la cosa non faceva stare per niente tranquilla Selvaggia anche per inviare un messaggio. Fu proprio in quei giorni che Ale pensò bene di fare una nuova sorpresa a Selvaggia, visto che si stavano vedendo sempre meno. Andò in macchina nel parcheggio sul retro del centro residenziale ed inviò un messaggio a Selvaggia.

"Che stai facendo?"

"Sto facendo i compiti con le ragazze"

"Potresti per caso uscire un attimo al balcone della camera da letto? Ho notato qualcosa di strano!"

Selvaggia uscì al balcone con il cellulare ancora in mano, con un sorriso stampato in viso, e continuava a scrivere messaggi ad

Ale mostrandogli tutta la sua felicità per la sorpresa. Dopo gli appostamenti per vederla passare in auto Ale iniziò anche con le *visite* sotto casa di Selvaggia, che divennero quasi quotidiane. Anche se solo per pochi secondi i loro sguardi si dovevano incrociare e scambiarsi, anche se a oltre 50 metri di distanza, baci e sorrisi infarciti di smorfie.

Selvaggia ed Ale stavano vivendo una nuova adolescenza. Le prime cotte. Il fidanzatino sotto casa. Le uscite con la scusa di comprare qualcosa per vedere quel giovanotto che ti fa perdere la testa. Quell'amore del quale non puoi fare a meno in qualsiasi ora del giorno e della notte. Peccato che la loro adolescenza era passata da un po'!

Senza aver minimamente pianificato niente si ritrovarono ad organizzare le vacanze entrambi nella stessa zona della Grecia. Selvaggia ci sarebbe andata con i colleghi di Dario mentre Ale sarebbe stato da solo con la famiglia.

"Ho appena verificato con Google Maps, i nostri hotel sono solo a 2 km di distanza! è tutto davvero incredibile... vorrei tanto vederti ma non farmi vedere, Dario difficilmente darebbe credito alla casualità" disse Ale, euforico.

"Che bello, sembra davvero fatto apposta. Sarebbe fantastico incontrarci anche se abbiamo solo 48 ore" replicò Selvaggia.

Selvaggia iniziava la sua vacanza dieci giorni prima di Ale e sarebbe andata via due giorni dopo il suo arrivo per continuare la vacanza con altri amici in Sicilia.

"Ci pensi! Tra le tue vacanze e le mie non ci vedremo per un mese! Penso che impazzirò." esclamò Ale.

"Che vuoi che sia un mese! Siamo stati distanti per venti anni possono mai farci paura trenta giorni?"

Appena arrivato a *Zante,* Ale constatò con i propri occhi le bellezze che Selvaggia descriveva quotidianamente. Lungo il percorso che lo portava al suo hotel passò anche davanti all'hotel dove alloggiava Selvaggia con gli amici! I due hotel erano davvero molto vicini. Nonostante la vicinanza, però, non ci fu occasione di incontrarsi e, dopo due giorni, Selvaggia rientrò in Italia per una ulteriore settimana di vacanza in Sicilia.

"Amore mio! È successo un casino!" esordì Selvaggia con un messaggio inviato ad Ale mentre era in vacanza con gli amici!

"Piccolina mia! Cosa è successo? Non farmi stare in pensiero!"

"Dopo ti racconto tutto, ma tu adesso assolutamente non inviare nessun messaggio. Ti scrivo io dopo e ti spiego tutto!"

Selvaggia non scrisse niente per tutta la giornata rendendo Ale sempre più preoccupato. Rilesse più e più volte i messaggi inviati per provare a trovare qualche indizio, ma niente. La mattina seguente finalmente Selvaggia sciolse tutti i dubbi di Ale.

"Amore mio, ieri è successo davvero un casino! È stata una giornata drammatica!"

"Amore, ma che è successo? Non tenermi sulle spine" rispose Ale impaziente di capire.

"Mentre ero comoda sul lettino a scrivere con te, ricordi ti mandai anche una foto, non mi sono accorta che dietro di me c'era Serena che leggeva ogni cosa! Ha visto anche quando ho scattato la foto per te. Ha letto praticamente tutto!"

"Dio mio, e tu che hai detto? Che hai fatto?"

"Lei è scoppiata a piangere ed io ho dovuto fare i salti mortali per tenerla lontana da Dario. Mi ha minacciato di dire tutto al padre. Le ho detto che stavamo parlando del mio collega che si è inventato tutte quelle cose al lavoro e che quello che stavamo scrivendo erano le stesse che lui ti aveva scritto e che tu mi stavi aiutando ad allontanarlo ma non doveva dire niente al padre

altrimenti si sarebbe arrabbiato con me. L'ho tenuta per tutto il giorno vicina in modo da provare a tranquillizzarla. Ha lo sguardo triste. Ale, io sto troppo male per quello che è successo. Vorrei solo piangere!"

"Dio mio, Selvy. Ma come hai fatto a non accorgerti che ti stava dietro? Ha visto anche il mio nome?"

"Sì, ha visto anche il tuo nome! Diceva Ale, Ale... me lo ha ripetuto più volte!"

"Cerca di calmarla, se dice il mio nome a Dario succede davvero un casino. Questa volta penso che difficilmente crederà alla storiella che hai raccontato a Serena"

"Ovvio amore. Dario non lo deve sapere. E non lo saprà!"

Nei giorni che seguirono Selvaggia, vedendo la figlia sempre molto triste ed agitata, diede poco spazio ai messaggi di Ale per dedicarsi a Serena.

Nel corso della vacanza Selvaggia aveva confidato a Dario la volontà di lasciare il lavoro perché non si sentiva più a suo agio in quel posto. A spingere per tale decisione era anche Ale che, come auspicato da Selvaggia, sperava che avendo la mattina libera dal lavoro avrebbero avuto più tempo per loro, con le ragazze a scuola.

Appena rientrati dalle vacanze, Dario trova nella cassetta della posta un avviso di una raccomandata indirizzata a Selvaggia. La mattina seguente vanno insieme all'ufficio postale e fanno l'amara scoperta! La raccomandata non era altro che la lettera di licenziamento per riduzione del personale e senza alcun preavviso. Selvaggia scoppiò in un pianto a dirotto, non si aspettava certo un trattamento del genere. Tutto sommato però era quello che lei voleva, la avevano solo anticipata. Furono proprio queste le parole usate da Ale per tirarla su!

"Dai amore mio! Pensa in positivo, appena ricominciano le scuole avremo tutte le mattine per noi. Già sogno tutte le volte che io e te staremo insieme. Del resto era quello che volevamo!"

Con le ragazze a scuola e Selvaggia libera da impegni lavorativi iniziarono a pianificare i loro incontri.

"Domani alle 9 ci vediamo al parcheggio del market. Lasci li la tua macchina e vieni con me. Ho una sorpresa per te!" era un mercoledì pomeriggio quando Ale salutò Selvaggia con queste parole. Aveva intenzione di sorprenderla.

Alle 9 in punto Selvaggia arrivò al parcheggio e trovò Ale ad attenderla. Parcheggiò l'auto nei pressi dell'ingresso e si spostò a piedi sulla stradina laterale per poter entrare senza farsi vedere nella macchina di Ale. Appena in auto si salutarono con un bacio fugace e subito via.

"Allora? Dove mi porti?" esordì subito Selvaggia.

"Ti ho detto che ti avrei fatto una sorpresa, ti basta attendere un po' e vedrai tu stessa!"

Dopo circa un ora Selvaggia si ritrovò a Positano. Nei tanti messaggi molte volte avevano detto *"che bello sarebbe poter andare a prendere un gelato a Positano"*, e Ale l'aveva accontentata. Gli occhi di Selvaggia erano raggianti, e alcune lacrime di gioia le solcarono il viso.

Lasciata l'auto si incamminarono verso il mare, mano nella mano, come una normalissima coppia.

Selvaggia indossava dei sandali da schiava ed un vestitino dai colori vivaci, molto corto, che lasciava libere le sue lunghe ed abbronzatissime gambe ed il decolleté. Ale, essendo una giornata lavorativa, indossava un mocassino estivo blu senza calzini, un pantalone blu con una camicia bianca senza cravatta, avendo lasciato in auto la giacca visto il gran caldo di fine estate.

Seduti al bar *"La Pergola"* nei pressi della spiaggia ordinarono due creme di caffè e le gustarono seduti al caldo sole di fine estate. Visto il periodo Ale e Selvaggia erano praticamente gli unici Italiani tra i tanti Tedeschi ed Inglesi. Erano seduti ad un tavolino rotondo, uno accanto all'altro, ed ammiravano il mare tenendosi sempre stretta la mano. Stavano vivendo un altro sogno.

"Selvy, sei davvero incantevole." Disse Ale guardandola fissa negli occhi.

"Anche tu sei un figo esagerato. Hai visto come ti guardavano quelle ragazze? Vedi che le prendi!" replicò Selvaggia con un malizioso sorriso.

"Se ti faccio una domanda mi rispondi sinceramente?" chiese Ale.

"Certo che si! Perché non dovrei?"

"Ok. Mi vuoi sposare?" disse Ale con un leggero sorrisino.

"Certo che si – rispose Selvaggia senza esitare – *ma dovresti trovare il modo di mandare indietro il tempo di una ventina di anni! Pensi di riuscirci?"*

"Dammi il tempo di organizzarmi e vedo cosa posso fare" ed abbracciò con tutte le sue forze Selvaggia.

Restarono al bar per circa un'ora, tenendosi la mano, con Selvaggia incantata dalla bellezza di quell'angolo di paradiso ed Ale dal paradiso al quale teneva stretta la mano. Non le staccò gli occhi di dosso neanche per un attimo, tanto che ogni volta che Selvaggia voltava lo sguardo verso di lui notava in modo chiaro e distinto i cuoricini che formavano le sue pupille!

"La principessa gradisce altro?" disse Ale tenendole la mano come per volerle fare un baciamano.

"Dai, scemo! Smettila, così mi fai sentire a disagio" rispose

Selvaggia visibilmente emozionata.

"Allora vado alla cassa a pagare" e si allontanò per andare a saldare il conto.

Tornando verso Selvaggia rallentò di tanto il suo passo per godersi la sua bellezza. Lei era lì, incantata dal panorama, con gli occhi sognanti, in tutta la sua bellezza. Si fermò a poca distanza per ammirarla e lei, sentendosi osservata, si voltò e sorridendo si alzò per andargli incontro. Gli prese il viso con entrambe le mani e gli diede un bacio sulle labbra.

"Mi stai facendo sognare! Grazie."

E Ale la strinse forte a se incurante dei tanti turisti presenti. Abbracciati si avviarono verso il parcheggio, per recuperare la macchina, ebbri d'amore. Una volta in macchina i ruoli si invertirono. Ale era preso dalla guida ed attento alla strada mentre Selvaggia si era seduta con il piede sinistro posizionato sotto la gamba destra e lo ammirava incantata. Ale le lanciava occhiatine ammiccanti accompagnate da un tenero sorriso.

"Ho avuto un'idea!" disse Ale mentre guidava per quelle tortuose strade.

"Adesso mi dici che stai pensando. Non puoi tenermi sulle spine!" chiese Selvaggia.

"Dammi solo cinque minuti e vedrai con i tuoi occhi".

Ancora poche curve ed Ale entrò in una strettissima stradina che li condusse dritti in paradiso. Pochi metri e davanti agli occhi di Selvaggia si aprì un panorama mozzafiato. Ale fermò la macchina su quel piccolo spiazzo e scese invitando Selvaggia a fare lo stesso.

"Lo vedi quel posto? – disse Ale indicando una struttura a picco sul mare – *e li che voglio passare la prima notte quando io e te saremo insieme! Te l'ho promesso venti anni fa, ed io le*

promesse le mantengo!"

Selvaggia aveva le lacrime agli occhi per la grande emozione e per il posto davvero incantevole.

"Grazie amore mio – replicò Selvaggia – *sarà la notte più bella della mia vita"* mentre una lacrima le solcava la guancia sinistra.

Ale prese un fazzolettino di carta e le asciugò il viso poi, tenendole il viso con entrambe le mani, avvicinò le labbra per un bacio mozzafiato. Il bacio caldo e passionale scatenò in Selvaggia una vera e propria crisi di pianto, tanto da bagnare anche il viso di Ale che si staccò e, sempre tenendole il viso dolcemente tra le mani, le disse

"Selvy, ma che hai? Perché continui a piangere? Cosa c'è che non va?"

"Non c'è niente che non va. Anzi va tutto troppo bene, ed è appunto questo il problema! È un sogno troppo bello! La notte io e te in costiera. Una vita insieme. Tutto troppo bello, ma ho tanta paura che resti solo un sogno!" disse Selvaggia piangendo sempre di più.

"Ascolta Selvy! Come per ogni sogno, non è detto che si realizzi, ma è bellissimo sognare, e visto che sognare non costa niente perché non farlo? Prova solo ad immaginare la gioia se tutto ciò si realizza. Sai che bello. Dai, adesso rilassati" e le asciugò di nuovo il viso.

"Vieni, sediamoci un po' in macchina, anche da lì si ammira un bel panorama"

Ale la strinse subito a se per farle sentire tutto il suo calore e riprese a baciarla. Le labbra di Selvaggia erano calde e carnose. Le loro lingue si intrecciavano sempre con maggiore vigore. Iniziarono entrambi ad ansimare in modo vigoroso. Ale poggiò la mano sulla gamba caldissima di Selvaggia, sfiorandole delicatamente tutto l'interno coscia. Selvaggia prese la sua mano e la guidò più su, verso le mutandine di pizzo bianco.

"Senti come sono bagnata! Questo posto, ed il pensiero di poter fare l'amore con te in quell'hotel, mi ha fatto eccitare tanto! Ho voglia di te, del tuo cazzo!"

Selvaggia in men che non si dica slacciò la cintura dei pantaloni ad Ale e, con il suo aiuto, glieli tirò giù alle caviglie. Il suo attrezzo, duro come la pietra, era a stento contenuto nel boxer. Appena vista la scena, e senza neanche abbassare i boxer, Selvaggia iniziò a morderlo esclamando

"Me lo mangiooooo! Che cazzo fantastico che hai, è durissimo, lo voglio fino in gola!" e si scatenò in un pompino senza alcuna sosta ansimando e spingendo sempre più forte. Il gioco di lingua sul glande, alternato a colpi profondi fino alla gola, misero in condizione ben presto Ale di schizzare diverse volte direttamente nella gola di Selvaggia che, senza alcuna sosta, continuò a succhiare fino all'ultima goccia di sperma. Ebbra di piacere si poggiò con la testa sulla spalla di Ale e rimase così ad ammirare l'immensità del mare dal parabrezza della Mercedes. Dopo circa dieci minuti Selvaggia ebbe un sussulto

"cavolo! Si è fatto tardi, dobbiamo andare via. Se non andiamo non arrivo in tempo per l'uscita da scuola delle ragazze".

Ale si abbassò per tirare su i boxer quando Selvaggia disse

"Aspetta! Voglio dargli un ultimo bacino! Non so tra quanto lo rivedo" e, con sguardo angelico prese il cazzo, ormai flaccido, tra le mani e lo baciò proprio sulla punta.

Ale sorrise di gusto prima di riprendere a sistemarsi. Durante tutto il percorso che li riportava a casa Selvaggia rimase con la testa poggiata sulla spalla di Ale mentre lui le teneva la mano destra poggiata sulla gamba. Nonostante la guida molto soft di

Ale riuscirono ad arrivare in tempo per consentire a Selvaggia di recuperare le figlie a scuola. Con la fantastica mattinata appena trascorsa un'altra pagina del loro libro dei sogni era stata scritta. Un altro pezzo era stato aggiunto a quel magico puzzle che si stava andando a creare.

"Sono sotto casa! Che fai? Mi apri oppure devo bussare?" disse Ale mentre parlava al telefono con Selvy dopo che aveva fermato l'auto in un angolo del parcheggio sul retro.

"Ma tu sei pazzo! E se per caso di colpo arriva Dario?"

"Tranquilla, sono appena passato sotto al suo ufficio, la macchina è nel parcheggio! Abbiamo almeno 5 minuti di vantaggio ed io non vado via se non ti ho almeno dato un bacio!"

"Dai pazzo! Corri. Fai presto!"

Ale, agevolato dalla giornata di pioggia e coperto dall'ombrello, entrò di corsa nel viale che lo conduceva alla villetta.

Lei, come le altre volte, lo attendeva dietro la porta socchiusa. Appena dentro si strinsero in un forte abbraccio e Selvaggia sentì in modo chiaro e forte il cuore di Ale che quasi veniva fuori dal petto! Dopo poco Selvaggia mise le mani sui fianchi di Ale per allontanarlo e lo fissò.

"Sei un figo esagerato amore mio! Con questo abito sei incantevole! Quanto sei bello e quanto sono innamorata di te!"

Selvaggia prese il viso di Ale tra le mani e lo avvicinò a se. Appena avvicinate le labbra lei lasciò scivolare la lingua nella sua bocca e Ale dapprima la strinse delicatamente tra i denti e poi la accompagnò nei suoi movimenti con la sua lingua mentre con entrambe le mani le accarezzava la schiena. Lei non staccò le mani dal viso per un solo istante mentre le loro labbra erano quasi incollate. Fu un bacio interminabile, di quelli che, come amavano dire, "solo noi sappiamo dare!".

"Ecco! Adesso ho caricato le batterie e posso anche andare, anche se resterei ben volentieri ancora un po'!"

"Si amore, forse è meglio che vai, non rischiamo!"

Ale ringraziò Selvaggia per avergli concesso quei due minuti e scappò via sotto la pioggia battente.

Da quando Selvaggia non lavorava Dario aveva accentuato ancora più la sua gelosia. Chiamava di continuo, con le scuse più svariate, per sapere Selvaggia dov'era e cosa faceva, come se dentro di lui sentisse qualcosa.

"Domani mattina hai impegni?" chiese Ale nel corso di una delle tante chiamate con Selvaggia.

"No amore, non ho niente di programmato" rispose Selvaggia.

"Allora subito dopo che hai lasciato le ragazze a scuola ti aspetto al parcheggio nei pressi dell'ingresso dell'autostrada, lascia lì la tua auto e vieni con me! Ho una sorpresa!" disse Ale sorridendo.

"Va bene, ma almeno qualche indizio posso averlo?"

"No no, aspetta domani e vedrai!" rispose Ale.

La mattina seguente erano le 8:35 quando Selvaggia arrivò al parcheggio con Ale che era fermo all'ingresso ad aspettare.

Lei parcheggiò subito dopo l'ingresso e si infilò nell'auto di Ale. Appena presa l'autostrada, Selvaggia, incuriosita, prese a coccolare Ale per provare a carpirgli qualcosa in merito alla sorpresa. La direzione era la stessa di quando trascorsero la mattinata a Positano e pensò subito che stavano tornando in quel bar dove tanto bene erano stati qualche settimana prima. Alla radio davano "Ti saprò aspettare" di Biagio Antonacci e lui le prese la mano per stringerla forte prima di fissarla dolcemente per un istante, stando attento a non distrarsi dalla guida! Selvaggia strinse forte la mano destra di Ale e poi la avvicinò al petto per fargli sentire il battito del cuore. I loro sguardi si incrociarono di nuovo e sorrisero a vicenda con occhi pieni d'amore. Lasciata l'autostrada Selvaggia si convinse che la direzione era di nuovo la terrazza sul mare a Positano e non chiese più niente certa ormai della meta. Si rilassò sulla spalla di Ale, assorto dalla guida, che, di tanto in tanto, poggiava la sua mano sulla gamba sinistra di Selvaggia per accarezzarla delicatamente.

Era una splendida giornata di sole ed in giro c'erano solo stranieri che si godevano gli ultimi scampoli d'estate. Ad un tratto Ale lasciò la strada costiera ed entrò in una stradina che la sua Mercedes percorreva a fatica. Il cuore di Selvaggia iniziò a pulsare forte. Restò senza parole. Neanche il tempo di ragionare che davanti ai suoi occhi apparve una struttura che tanto somigliava a quell'hotel che Ale le aveva indicato dalla strada qualche settimana prima! Ed era proprio quello.

Ale aveva chiamato qualche giorno prima per assicurarsi di poter prendere la camera per la mattinata e lo avevano rassicurato che, essendo bassa stagione, non avrebbero avuto alcun problema a farlo. Dopo avere parcheggiato la macchina Ale andò alla reception per ritirare le chiavi e, grazie ad una lauta mancia al receptionist, si fece assegnare la camera di categoria superiore con vasca jacuzzi sul terrazzo ed un cocktail di benvenuto.

Tornato in tutta fretta all'auto aprì lo sportello dal lato passeggero e fece scendere Selvaggia, visibilmente emozionata.

Appena entrati in camera Ale andò subito ad aprire la finestra che dava sul terrazzo e davanti ai loro occhi si presentò un panorama mozzafiato. La jacuzzi era posta proprio al centro del terrazzino ed era isolata dalle camere vicine da una fitta parete di fiori su entrambi i lati. Il sole rifletteva nell'acqua e creava un effetto di luci colorate all'interno della camera. Selvaggia, quasi in lacrime, e senza parole, strinse forte Ale cingendogli il bacino e poi lo fissò

"è un posto stupendo! Mi sembra davvero di vivere una favola. Sei davvero speciale"

e si lasciò andare ad un bacio mentre alcune lacrime di gioia solcavano il suo volto. Erano entrati in camera da oltre cinque minuti ma erano rimasti immobili, li a baciarsi, con piccolissime pause per ammirare il panorama.

"Lo facciamo anche nella vasca?" chiese con sorriso malizioso Selvaggia mentre Ale stava sfilando via in rapida sequenza giacca poi cravatta ed infine la camicia per evitare il rischio di tracce di trucco! Appena libero della parte superiore sollevò con entrambe le mani Selvaggia tenendola per le natiche sode e tonde! Lei si adagiò a lui, tenendosi per il collo, mentre alla parte bassa sentiva il cazzo duro di Ale che strisciava sul suo pube. Ale si mise in ginocchio sul lato del letto e lentamente adagiò Selvaggia sulla schiena prima di sfilarle via le scarpe. Poi la sollevò delicatamente e la fece sedere per sfilarle via l'abitino color cipria con diverse tonalità di blu. Era aderentissimo e molto corto e tutto ciò lasciava ben poco all'immaginazione. Sfilato via l'abitino Selvaggia si mostrò in tutta la sua bellezza. L'unica cosa che indossava era un perizoma in pizzo bianco con tanti strass a formare un cuoricino. Ale iniziò a baciarla sul collo salendo dietro l'orecchio mentre con la mano destra le accarezzava delicatamente il seno sfiorandole con il palmo il capezzolo provocandole un intenso piacere. Selvaggia gemeva e iniziò a muovere il bacino non riuscendo più a contenere il desiderio. Mentre giocava con la lingua intorno al capezzolo con

la mano destra iniziò a sfiorarle le parti intime e si accorse che il perizoma era totalmente bagnato. Selvaggia era in preda ad un piacere senza precedenti. Ale infilò la mano all'interno del perizoma e, tenendo il palmo della mano sul pube, con il dito medio stimolava il clitoride e le sue labbra che erano sempre più rosse e gonfie! La accarezzava delicatamente dapprima solo con il medio poi aiutandosi con indice ed anulare stimolava le labbra stringendole delicatamente. Selvaggia grugniva intensamente e, in preda ad un intenso piacere disse

"dai, togli il pantalone! Voglio il tuo cazzo in bocca. Ho voglia di succhiartelo un po'!"

Ale sfilò il pantalone e restò per un istante con un boxer nero, con una macchia di presperma, che a fatica conteneva il suo cazzo che spingeva sul lato per uscire. Ale lasciò a Selvaggia l'onore di sfilarlo via in quanto lei si divertiva ad usare l'elastico per far rimbalzare il cazzo su e giù! Ale si mise in ginocchio accanto alla sua testa e lei con la lingua andava a sollecitare i testicoli prima di prenderli in bocca e succhiarli quasi fino a fargli male. Ale infilò il medio nella fessura di Selvaggia che intanto aveva sfilato via il perizoma. Poi infilò anche l'indice e con il pollice stimolava il clitoride. Ogni volta che Ale spingeva le dita in profondità Selvaggia spingeva fino in gola il grosso cazzo. I due erano in preda all'estasi quando il cellulare di Selvaggia inizia a suonare.

"è Dario!" disse Ale che poteva ben vedere lo schermo del cellulare poggiato sul comodino!

"non lo pensare! Dammi il tuo cazzo e continua a toccarmi!" rispose Selvaggia eccitata come non mai!

Ale assecondò la volontà di Selvaggia ma, neanche il tempo di riprendere che il cellulare riprese a squillare.

"non ti allontanare. Voglio succhiartelo tutto. Adesso si stanca e non chiama più!" esclamò Selvaggia, ma le chiamate continuavano e Ale non riusciva proprio a non pensare a quel trillo!

"Dai, rispondi al telefono! Gli dici che sei a casa e che non avevi sentito" disse Ale.

"Non so se è una buona idea, ho paura che si inventa qualcosa e ci rovina la nostra mattinata!"

Selvaggia si alzò dal letto e si avvicinò alla toilette per rispondere. Come concordato disse che era a casa e stava passando l'aspirapolvere per questo motivo non aveva sentito il cellulare. Dario era su tutte le furie e continuava ad inveire contro Selvaggia, non credendo alle sue parole, e si diceva sicuro che lei fosse in giro da qualche parte. Selvaggia, molto nervosa, chiuse il cellulare e raccontò tutto ad Ale che provò a tranquillizzarla ma, neanche il tempo di iniziare a parlare, il cellulare squillò nuovamente. Era di nuovo Dario!

"Cazzo! Mi sta facendo una videochiamata! Amore, io non rispondo ma dobbiamo andare via! Lo conosco, non si fermerà fino a quando non rispondo!"

Altre possibilità non c'erano, bisognava andare via ed anche in tutta fretta! Forse sarebbe stato meglio lasciar decidere a Selvaggia e non rispondere proprio a telefono. Si rivestirono in tutta fretta. Selvaggia si avviò in macchina al parcheggio mentre Ale andò a riconsegnare le chiavi alla reception! Il receptionist lo guardò meravigliato! Erano passati solo 15 minuti e chiese

"Dottore, ma è successo qualcosa? La camera non è di suo gradimento? Se vuole posso darle un'altra camera?"

"No, grazie mille. Non si preoccupi. Abbiamo avuto un problema e purtroppo dobbiamo rientrare in fretta" rispose Ale.

"Mi dispiace, vuol dire che appena torna a trovarci le riserverò la suite senza alcun sovrapprezzo!"

Ale pagò la camera e corse in macchina dove trovò una Selvaggia agitata come non l'aveva mai vista.

Ale percorse la strada a folle velocità visto che Dario continuava a videochiamare Selvaggia!

Tanti pensieri giravano nella testa di Ale. Riteneva esagerata la reazione di Dario e disse apertamente a Selvaggia che secondo lui era di sicuro legato ad un qualche altro episodio del passato che lui non conosceva. Non era normale che il non rispondere al telefono di Selvaggia aveva scatenato in Dario una tale reazione, ma decise di non insistere con Selvaggia per conoscere una eventuale verità nascosta! Se qualcosa c'era stato faceva parte del passato di Selvaggia, dove lui non c'era, e doveva essere lei a confidarlo ad Ale. Selvaggia rimase in silenzio per tutto il tragitto che li ricondusse alla sua auto. Appena nella sua auto Selvaggia chiamò immediatamente Dario. I toni erano molto accesi tanto che Ale, osservando dallo specchietto retrovisore, vide Selvaggia, che lo seguiva con la sua auto, che si agitava e gesticolava mentre parlava al cellulare con Dario.

Dopo circa venti minuti Selvaggia chiamò Ale per raccontargli il tutto. Lo aveva calmato e quasi fatto sentire in colpa per l'insistenza al telefono. E poi proseguì dicendo

"Amore mio, mi dispiace davvero tanto che siamo dovuti andare via, il posto era fantastico. Voglio ritornarci. Mi dispiace che hai dovuto anche pagare solo per pochi minuti!"

"Ma figurati, non ti preoccupare, l'importante è aver calmato Dario" ripose Ale.

"Resta il fatto che io sono ancora molto eccitata! Se ripenso a quello che stavamo facendo.... Mhhhhh... mi è venuta un idea!"

"Dimmi amore mio"

"Che ne pensi se io vado a casa mia e tu a casa tua e, visto che siamo soli, diamo libero sfogo ai nostri impulsi?" propose con voce calda e sensuale Selvaggia.

"Ci sto'! Anch'io sono arrapato e sarà bellissimo venire con te in videochiamata. Dai, ci sentiamo tra qualche minuto, il tempo di arrivare a casa"

Appena arrivato a casa Ale inviò un messaggio a Selvaggia

"Io ci sono! Appena sei pronta fai direttamente la videochiamata!"

Ale si era sistemato, completamente nudo, sul letto ed aveva poggiato il cellulare ad un cuscino per fare una prova di inquadratura. Il solo pensiero di quello che stava per accadere gli fece venire il cazzo duro ed iniziò a toccarlo delicatamente. Pochi minuti e Selvaggia chiamò. Appena la telecamera si attivò Selvaggia esclamò

"Oh cazzo! Dio mio, lo voglio... Ale hai un cazzo fantastico. Dai fammi vedere come te lo sbatti. Guarda la mia fica. Sono tutta bagnata" disse Selvaggia mentre avvicinava la fotocamera del cellulare per un primo piano del dito medio della mano destra che scorreva su e giù tra il clitoride e le labbra della sua fica rossa e gonfia di piacere.

Ale inumidì il palmo della mano destra facendo attenzione a far vedere la scena a Selvaggia che apprezzò con un "mmmhhhhhh" prolungato. Con la mano sinistra teneva stretto il cazzo duro dalla base e con la destra, bagnata della sua saliva, iniziò dapprima a massaggiare la cappella per poi ruotare intorno a tutta l'asta per la sua lunghezza fino alla mano sinistra che lo teneva stretto. Ale controllava i movimenti sentendo le palle piene e pronte ad esplodere.

"Daiii... infila quel dito nella fica... dai dai... infila anche un altro dito, dai... Dio mio, che darei per sentire il sapore della tua fica bagnata"

"Oddio... che darei per farti un bel pompino, come quello che ti stavo facendo prima... guarda amore, infilo anche un altro dito nella fica... sapessi come è calda... sento che sto per venire, non so per quanto tempo ancora riuscirò a resistere.." e Selvaggia infilò nella fica l'indice, il medio e l'anulare, e spingeva forte contraendo l'addome e sollevava la testa dal cuscino ad ogni spinta.

"Vedi come è duro! Dai, togli le dita dalla fica e infilale nel culo mentre immagini che è il mio cazzo ad entrare! Dai che veniamo insieme! Sento le palle che stanno per esplodere"

Selvaggia tolse le dita dalla fica che gocciolava dei suoi umori ed infilò l'indice nel culo ed il pollice nella fica. Il corpo era totalmente inarcato con la testa che spingeva in avanti verso un cazzo immaginario visto che la bocca era totalmente aperta ed i suoi lamenti erano sempre più intensi e il tono sempre più alto. Ancora poche spinte e Selvaggia raggiunse uno splendido orgasmo con la fica che gocciolava creando una grande chiazza proprio al centro del letto.

"Dio mio! Sborro anch'io" disse Ale mentre con la mano sinistra racchiudeva la base del cazzo e le palle tra pollice ed indice e con la destra sbatteva forte. Pochi colpi ed il primo spruzzo di sperma arrivò alla gola seguiti da altri cinque di intensità minore che si fermarono sulla pancia.

"E' stato bellissimo!" disse Ale.

"Si amore, bellissimo, ma io voglio il tuo splendido cazzo! Tutto quello sperma sprecato sulla tua pancia non va proprio bene, sai quanto mi piace e sprecarlo così non va bene!"

commentò Selvaggia con un sorrisino mentre si era abbandonata sul cuscino per riprendere le forze dopo l'intenso orgasmo.

Restarono nudi, ognuno nel proprio letto, a parlare per oltre mezz'ora della loro vita, delle loro giornate, gli amici, i ricordi delle giornate a Napoli.

Anche se distanti il tempo insieme passava sempre in tutta fretta.

"Oh cavolo. Si sono fatte le dodici e trenta, se non mi muovo quando arrivano le ragazze ancora non ho preparato il pranzo. Mi tocca anche cambiare le lenzuola visto che mi hai fatto praticamente "allagare" il letto!" esclamò Selvaggia.

"Forse è il caso che mi sistemo anch'io e scendo. Sai amore, non lo avevo mai fatto ma, masturbarmi in videochat, l'ho trovato molto eccitante! In caso di emergenza sappiamo come fare!" disse Ale con una gran risata!

Uscito di casa raggiunse un amico, che aveva da poco inaugurato un bar di tendenza, per un aperitivo. Era seduto comodo al divano e stava gustando un calice di prosecco con il suo amico quando si avvicina una persona ben vestita, sulla cinquantina, che saluta in modo molto amichevole il suo amico Sergio.

"Accomodati con noi, ti presento il mio amico Ale" disse Sergio mentre ruotava un divanetto per consentire all'amico di accomodarsi.

"Ciao Ale, io sono Valentino, piacere di conoscerti. Ma tu sei quell'Ale di cui tanto mi parla Sergio che si occupa di immobili"

"E sì. Sono io! Posso esserti utile?" rispose Ale con un gran sorriso.

"Penso proprio di sì - replicò Valentino - mia moglie ha da poco incassato una cospicua eredità e vorremmo prendere una

villa dove andare a vivere, però tra qualche minuto arriva lei e ti darà qualche dettaglio in più sulla villa che cerchiamo"

Ale non credeva alle sue orecchie! Ancora una volta aveva avuto la conferma della sua teoria. "Selvaggia gli portava fortuna"! da quando era tornata nella sua vita gli affari sembravano *incastrarsi* con una incredibile facilità. Intanto Sergio chiamò il cameriere per servire anche a Valentino un prosecco ed iniziarono a chiacchierare per conoscersi meglio quando in lontananza Ale, che era posizionato in direzione dell'ingresso, notò una donna che poteva avere poco più di quaranta anni, alta, mora, con un pantalone nero aderente, sandali alti in pelle con un seducente tacco a spillo ed una camicia bianca leggermente larga, che lasciava intravedere un seno prosperoso. Era entrata da circa cinque minuti e si stava intrattenendo con Gianni, il socio di Sergio, quando ad un tratto vide che proprio Gianni, parlando con lei, con il dito indice indicava il divano dove era seduto Ale. La donna misteriosa, con un bel sorriso stampato sulle labbra, si incamminò verso i divanetti dove era seduto e Sergio, vedendola arrivare, scattò in piedi

"Ciao Giusy, ben arrivata! Faccio portare un prosecco anche per te. Accomodati che ti presento un amico."

Prima di accomodarsi diede un bacio, sulle labbra, a Valentino e poi strinse la mano ad Ale fissandolo dritto negli occhi.

Giusy, su invito di Valentino, spiegò la sua idea di villa senza mai togliere lo sguardo dagli occhi di Ale. Dopo aver dato tutte le indicazioni ad Ale, Giusy si allontanò dal gruppo per poi tornare dopo pochi minuti, proprio mentre si stavano salutando. Ale stava andando via quando lei si avvicinò e stese la mano per salutarlo con sguardo sensuale

"E' stato un vero piacere conoscerti. Spero di sentirti presto!

Dammi notizie della villa, semmai andiamo insieme a vederla!" disse Giusy mentre salutava Ale.

Ale salì in macchina e, mentre tornava a casa, ripensò a quanto accaduto. Era si felice per gli apprezzamenti indiretti ricevuti da Giusy ma anche un po' seccato. Nella sua testa c'era solo Selvaggia e non aveva alcuna intenzione di rivedere o anche solo sentire Giusy.

Alcuni giorni dopo Ale trovò quella che secondo lui era la soluzione ideale per Valentino e Giusy, e chiamò Sergio per farsi dare il numero di Valentino che nella fretta non aveva preso il giorno dell'aperitivo. Spiegò a Valentino, nei minimi dettagli, la villa che faceva al loro caso e che, visto il prezzo, si dimostrava anche essere un buon affare. Lui disse che ne avrebbe parlato con la moglie e lo avrebbe richiamato lo stesso giorno per fissare un appuntamento per andarla a vedere. Di giorni ne passarono due senza alcuna risposta e Ale richiamò Valentino il quale rispose molto freddo dicendo semplicemente che alla moglie non piaceva l'idea!

Ale pensò subito che la stronza di Giusy aveva di proposito fatto saltare l'affare visto che le aveva dato buca, ma non era affatto preoccupato della cosa. Si mise comodo alla scrivania, si preparò un caffè, accese un buon sigaro ed alla seconda boccata disse tra se e se "meglio perdere un affare che perdere Selvaggia. Mettiamoci una pietra sopra e avanti con il prossimo cliente!".

Le mattinate erano scandite da lunghissime telefonate, da blitz a casa di Selvaggia per un bacio oppure da incontri fugaci a qualche chilometro di distanza quando lei, con la scusa di andare a casa di un'amica, ritagliava del tempo per vedersi con Ale in un posto isolato nei pressi di una stazione ferroviaria in disuso. Ormai condividevano tutto, niente accadeva nella loro vita senza che l'altro lo sapesse.

"Amore mio, domani Dario ha un corso fuori e non rientra neanche per il pranzo, quindi io sono libera! Fa di me quello che vuoi." disse con un gran sorriso Selvaggia mentre parlava al telefono con Ale. In mattinata aveva avuto la conferma che il marito sarebbe stato fuori e lei aveva subito allertato Ale.

"Benissimo! Che ne dici se riprendiamo quel discorso interrotto due settimane fa? Ho appena visto il meteo e domani è anche una bella giornata di sole" propose Ale, pensando di ritornare in costiera nell'hotel dove erano stati costretti a scappare!

"Certo che si! Non vedo l'ora. Allora dimmi un po', cosa vuoi che indossi?" chiese maliziosamente Selvaggia.

"Allora, vediamo cosa indossare! Direi... un bel tacco da vertigini, scegli tu cosa! Un pantalone aderentissimo che metta in evidenza il tuo gran bel culo, ed anche su questo scegli tu il colore! Sopra ci mettiamo una bella camicia, avvitata in vita, e non dimenticare di lasciare aperto un bottoncino in più in modo da mettere in evidenza le tue tette esplosive. In merito all'intimo, fai tu! Brasiliana, perizoma o anche niente! Ovviamente tutto questo solo quando esci con me, altrimenti indosserai il burqua" concluse Ale ridendo di gusto.

La mattina seguente, dopo aver lasciato le ragazze a scuola, Selvaggia andò direttamente al parcheggio nei pressi del casello autostradale dove trovò Ale già pronto ad attenderla. Quella che scese dalla macchina non era semplicemente una donna ma una vera bomba sexy. Sandalo nero altissimo, jeans bianco che praticamente era una sua seconda pelle e sopra una camicia di un blu chiaro con pois bianchi. Il reggiseno, in tinta con la camicia, conteneva a fatica un seno da standing ovation.

Truccata, come sempre del resto, alla perfezione e con un rossetto rosa che metteva in risalto le sue belle labbra carnose.

"Dio mio, che bella che sei" disse Ale appena lei salì in macchina e restò fermo ad ammirarla per qualche secondo prima di darle un bacio.

Aveva un profumo delizioso con l'evidenza di fiori d'arancio e gelsomino! Alché Ale, fissandola, le disse

"Che profumo delizioso! La via est belle? Ci ho preso?"

"Sisi, bravissimo!" rispose Selvaggia stampandogli un bacio sulla guancia.

"Allora? Che dici, partiamo?" esclamò sempre Selvaggia con un malizioso sorriso sulle labbra.

Durante il tragitto in auto, con Selvaggia che teneva stretta tra le sue mani la mano destra di Ale, si raccontarono molto delle loro giornate. Sorrisero tanto nel rivivere tutte le volte che Ale aveva sorpreso Selvaggia nei posti più disparati, con il suo sguardo fisso e lei che, passando in auto, accennava un sorriso. Delle tante videochiamate con Selvaggia che posizionava il cellulare nell'angolo della cucina e preparava il pranzo con la supervisione di Ale che la ammirava sorridente. Le loro vite ormai erano un tutt'uno. Le giornate scorrevano in simbiosi. Senza accorgersene arrivarono davanti alla stradina che li avrebbe portati al loro angolo di paradiso. Arrivati al parcheggio Ale scese dall'auto per recarsi alla reception mentre Selvaggia attendeva in macchina in un angolo del parcheggio dove si intravedeva il mare e lo splendido panorama della costiera.

"Dottore buongiorno! Come le avevo promesso ieri al telefono le ho riservato una delle nostre suite per compensare la mancata permanenza dell'altra volta" disse subito l'uomo alla reception.

"Grazie per la disponibilità." Annuì con un sorriso Ale e prese

le chiavi per tornare al parcheggio da Selvaggia.

"Dai amore, andiamo" disse Ale aprendo la portiera della sua Mercedes, creando un piccolo spavento in Selvaggia incantata dal panorama.

Ale le porse la mano e, con uno splendido sorriso, le disse

"Prego principessa! La sua suite è pronta, il facchino le porta i bagagli in camera. Le faccio strada!"

Selvaggia lo guardò estasiata e, sorridendo, gli diede il braccio e disse

"Andiamo, non vedo l'ora di vedere la mia residenza per le prossime ore!"

Appena all'ingresso presero il primo ascensore in modo da evitare di transitare davanti alla reception per non creare disagio in Selvaggia. L'ascensore aveva specchi sui tre lati ed Ale appena dentro si impostò sulle spalle e la tirò a sé per i fianchi.

"Cazzo! Quanto siamo belli. Insieme siamo uno spettacolo!" disse Ale mentre faceva qualche smorfia allo specchio.

Camera 414. Quarto piano, corridoio a sinistra. Ultima porta sulla destra. Appena dentro c'era una zona con un grande divano ad angolo con tavolino rettangolare, tavolo in legno tondo e 4 sedie in pelle ed alla parete una TV ultrapiatta, che sarà stata almeno da 50 pollici. Le pareti erano dipinte con diverse tonalità di blù. Dalla porta finestra, dietro la tenda del salone, si intravedeva un mega terrazzo a picco sul mare.

"Oddio! È bellissima" esclamò Selvaggia con gli occhi che luccicavano.

"Dai, andiamo a vedere il terrazzo" disse Ale prendendo per mano e trascinando con sé Selvaggia.

Ale spostò la tenda ed aprì la porta finestra. Il terrazzo era grandissimo. Nell'angolo a sinistra, quello più isolato, c'era una grande jacuzzi, mentre sul lato opposto si trovava un grande divano in vimini con grandi cuscini bianchi che davano la sensazione di essere morbidissimi. Il sole non era ancora molto alto ed i raggi riflessi sul mare creavano giochi di luce tra la finestra ed il salottino.

"Ale – disse Selvaggia mentre una lacrima le solcava il viso – *questo posto è davvero incantevole. Spero proprio che non sto sognando e mi sveglio sul più bello"*

Ale le prese il viso tra le mani, la fissò dritta negli occhi, e le diede un amorevole bacio.

"Che ne pensi se proviamo la comodità di questo divano e ci rilassiamo un po' ad ammirare il panorama?" propose Ale ad una estasiata Selvaggia.

Selvaggia si lasciò cadere sul divano ed Ale si accostò alla sua sinistra e la tirò a sé per baciarla. Lei sfilò via i sandali e si mise comodamente seduta sulle gambe. Davanti ai loro occhi solo la maestosità del mare e la splendida Positano, incastonata tra tanti terrazzamenti di limoneti. Tanto era il silenzio che si riusciva a sentire distintamente il canto di un pescatore che a largo stava ritirando su le reti. Restarono così, incantati dal dipinto che si apriva davanti ai loro occhi, per diversi minuti. Selvaggia infilò la mano destra all'interno della camicia per sentire il calore del corpo di Ale ed iniziò ad accarezzargli il petto. La mano scivolava su e giù per il fianco andando a sfiorare di continuo il capezzolo che divenne durissimo. Ale stava provando i brividi e si abbandonò con la testa all'indietro ansimando. Selvaggia con un rapido balzo si mise a cavalcioni su di lui. Le sue labbra si avvicinarono a quelle di Ale mentre con entrambe le mani gli teneva la testa accarezzandolo. La lingua di Selvaggia si infilò immediatamente nella bocca di Ale ed iniziò una danza sfrenata.

Ale la tirò a sé con la mano sinistra mentre con la destra le palpava e stringeva il culo. Gli animi si stavano surriscaldando e ben presto si ritrovarono entrambi privi di camicia. Un bacio lunghissimo ed intenso, carico di passione e con le mani che scrutavano ogni angolo del corpo. Il seno di Selvaggia, contenuto a fatica dal suo splendido reggiseno a balconcino, strisciava sul petto di Ale provocandogli un piacevolissimo brivido.

Ale con una rapida mossa, con pollice e indice, slacciò il reggiseno e lo sfilò via. I capezzoli di Selvaggia sfioravano il petto di Ale andando a provocare un intenso piacere ad entrambi.

"Dai, andiamo dentro, non posso più stare con il pantalone addosso! Devo toglierlo!" disse Selvaggia balzando in piedi.

Ale si alzò e la prese in braccio, con lei che si mise a cavalcioni, e la condusse in camera da letto.

Il letto, king size, aveva lenzuola bianchissime ed al centro un grande cuore realizzato con gli asciugamani e quattro mega cuscini. Sul tavolino c'era una composizione di frutta ed una bottiglia di champagne in un secchiello. La tenda era totalmente aperta e dalla grande finestra si vedeva un fantastico scorcio della costiera.

Ale si abbassò e lasciò cadere dolcemente Selvaggia sulla schiena che, appena a contatto con le lenzuola, allargò totalmente le braccia

"Avevi detto che non potevi più tenere i pantaloni? Allora provvediamo a rimuoverli!" disse Ale con un sorriso stampato sulle labbra.

Delicatamente slacciò la cintura e poi lentamente i cinque bottoni che rendevano quel jeans una seconda pelle. Appena slacciato anche l'ultimo bottone Selvaggia inarcò la schiena per sollevare il sedere e consentire ad Ale di sfilarlo via. Ale lo tirò delicatamente via e scoprì che Selvaggia tra perizoma e brasiliana aveva optato per la terza opzione! Non indossava niente! Ale la guardò sorridendo e lei esclamò

"Hai capito adesso perché avevo la necessità di toglierlo? Mi stavo bagnando tutta e non potevo certo macchiare il pantalone bianco."

La pelle vellutata di Selvaggia aveva un delicato profumo di viola. Ale, in ginocchio davanti a lei che era distesa a letto con i pedi che pendevano, iniziò ad accarezzarle l'interno coscia all'altezza del ginocchio ed avvicinò la testa per baciarle la gamba, giusto un po' più sopra del ginocchio, e non allontanò mai la faccia per farle sentire il calore del suo respiro. Selvaggia era rilassata e già in uno stato di estasi. Quasi immobile e con gli occhi chiusi, emetteva solo dei leggeri mugugni di piacere. Muovendo delicatamente, e in modo circolare, le mani sulle gambe di Selvaggia, arrivò fino a sfiorare le sue labbra. Volutamente le sfiorò solo per un istante e subito si allontanò. Fu in quel preciso istante che Selvaggia ebbe un sussulto e dalla sua bocca uscì distintamente un *"Uuuhhhh"* in segno di apprezzamento per quanto stava per accadere. Ale però aveva deciso di tenerla per un po' sulle spine e si allontanò di nuovo dal punto nevralgico. Le mani si spostarono dall'interno della coscia all'esterno mentre con le labbra, che non si erano mai allontanate, dava tanti bacini fino ad arrivare a sfiorare anche con la bocca la sua figa. Aveva un profumo fantastico. Le mani di Ale salirono su fino al culo mentre con la bocca si era soffermato sul monte di venere perfettamente depilato. Selvaggia iniziò ad avere delle contrazioni con l'addome e Ale comprese appieno che stava per perdere il controllo. Continuò per alcuni istanti a baciare il monte di venere e con le mani le teneva stretto il culo.

Appena tirò fuori la lingua ed inizio a scorrere lentamente verso il clitoride Selvaggia emise un urlo e con entrambe le mani prese la testa di Ale e la spinse forte tra le sue gambe

"Bastaaa, così mi fai impazzire. Adesso leccami come sai fare tu" esclamò Selvaggia in uno stato di estasi.

La lingua di Ale iniziò a ruotare intorno al clitoride. Poi su e giù solo con la punta della lingua. Poi, aiutandosi con le mani, le aprì le grandi labbra e succhiò voracemente il clitoride. Selvaggia gemeva e si dimenava senza mai togliere le mani dalla testa di Ale. Dopo averla succhiata infilò la lingua all'interno della figa come per scoparla, mentre con il pollice della mano destra stimolava il clitoride. Selvaggia era incontenibile e dava la sensazione di godere da un momento all'altro e la cosa le piaceva a tal punto da continuare a farglielo capire con le mani sulla testa. La figa gocciolava tanto ed Ale decise di sferrare il colpo decisivo. Infilò nella sua figa indice e medio bella mano destra e con il pollice della stessa mano le massaggiava il clitoride mentre continuava anche con la lingua. Tanti stimoli tutti insieme fecero perdere definitivamente il controllo a Selvaggia che iniziò ad urlare in modo disumano. Ale imperterrito continuava a stimolarla con dita e lingua fino a che lei con un

"Siiiiiiiii..... vengooooo"

Diede libero sfogo ai suoi piaceri direttamente in bocca ad Ale che apprezzò di gusto e continuò ancora per qualche secondo, fino a che Selvaggia non lo spostò con forza

"Dai, adesso voglio il tuo cazzo"

Ale sfilò via i pantaloni ed il boxer e si mise in ginocchio sul letto all'altezza della testa di Selvaggia. Lei si girò e si mise seduta per poterlo prendere in bocca ma poi subito ci ripensò e lo fece distendere comodo con la testa sul cuscino

"Mettiti comodo, adesso tocca a me"
disse Selvaggia mentre si posizionava seduta tra le sue gambe aperte. Il cazzo di Ale era già molto duro e lei lo strinse con la mano destra mentre con la lingua leccava sotto i testicoli quasi fino all'ano e ad ogni colpo di lingua il cazzo pulsava forte stretto nella sua mano destra. Selvaggia già immaginava il momento in cui il cazzo di Ale l'avrebbe penetrata a fondo riempendola tutta. Ale era ben dotato e perfettamente depilato, questo consentiva a Selvaggia di gustarsi appieno ugni centimetro del suo corpo. Prese in bocca per succhiarli, alternandoli, entrambi i testicoli mentre con la mano iniziò a sbattere il cazzo. Poi lo adagiò sul palmo della mano destra e con la lingua salì per tutta la sua lunghezza fino ad arrivare alla cappella. Diede dei piccoli baci sulla cappella e poi, mentre lo teneva con la mano, lo lasciò entrare in bocca. Dapprima solo il glande e poi si mise in posizione per accogliere il cazzo di Ale fino in gola. Spingeva e succhiava sempre più forte mentre con la mano sinistra teneva stretti i testicoli. Ad un tratto Ale la bloccò

"No Selvy, fermati, se continui cosi mi fai venire. Io voglio che mi cavalchi un po'. Dai, Sali sul mio cazzo come piace a te!"
Selvaggia si fermò subito visto che non era affatto sua intenzione farlo godere già adesso.

Sollevò la gamba destra e poi, con la mano destra afferrò il grosso cazzo di Ale, ed iniziò a strusciarlo vicino al clitoride. La figa era ancora bagnatissima e, pur essendo alquanto stretta, avrebbe accolto agevolmente il cazzo di Ale.

Dopo pochi secondi Selvaggia posizionò il cazzo all'ingresso della sua figa e lentamente iniziò a scendere.

"Oddio Ale! Hai un cazzo grandissimo. Quando mi entri dentro mi sento tutta piena. Raggiungi posti inesplorati. Adesso ti

cavalco come piace a noi. Voglio sentirti sbattere tutto dentro"

Iniziò a cavalcare dapprima lentamente per poi aumentare sempre più il ritmo con Ale che seguiva a tempo con i movimenti del bacino. I colpi erano sempre più profondi tanto che anche Ale sentiva ad ogni spinta il cazzo che andava esattamente a stimolare il punto G. I colpi di Selvaggia divennero davvero violenti e in pochi minuti era già pronta ad un altro orgasmo. Anche Ale aveva le palle piene e pronte ed espellere tanto sperma ma non era ancora il momento. Adesso toccava di nuovo a Selvaggia. Ad un tratto Selvaggia lasciò cadere la testa all'indietro, inarcò forte la schiena e rallentò gli intervalli di spinta ma diede tre spinte ancora più intense per poi urlare a squarciagola

"Siiii.... Vengoooo.. oddio, quasi mi arrivava in gola il tuo cazzo! È fantastico" e si abbandonò su di lui con le braccia dietro la nuca e si fermò col la faccia sul suo collo. Era allo stremo delle forze, aveva il respiro pesante e continuava a dare dei baci al collo di Ale che, dopo quasi un minuto fermo dentro di lei, riprese a muovere il bacino ed il suo cazzo riprese a scivolare nella figa di Selvaggia che gocciolava piacere. Dopo alcune spinte, con lei sempre adagiata sul petto di Ale, si alzò e disse con voce flebile e sensuale

"Voglio che mi sbatti da dietro. Ma devi farlo con tutta la forza che hai, sfondami tutta!" e si mise a pancia in giù. Ale prese uno dei cuscinoni e lo piegò in due prima di posizionarlo proprio sotto il suo ventre. Il culo sodo di Selvaggia in quella posizione era un vero spettacolo. Le gambe leggermente aperte mettevano in mostra una figa rossa e gonfia. Ale si posizionò dietro di lei ed aiutandosi con la mano destra prese a stimolare, con diversi saliscendi, sia il clitoride che il buco del culo. Selvaggia voltò lo

sguardo verso di lui e disse

"Lo vuoi mettere nel culo? Lo sai che a me piace tanto ma forse è meglio che lo facciamo quando siamo a casa, non abbiamo nessun lubrificante ed ho paura di farmi male. Dai, sbattimelo nella figa!"

Ale lo fece entrare lentamente. Dapprima solo il glande. Lo faceva apposta per provocare Selvaggia che si aspettava le spinte violente!

Dopo circa un minuto di sofferenza, Ale spinse di colpo il cazzo con tutta la lunghezza nella figa e Selvaggia che, sorpresa, urlò un "mmmhhhhhhh".

Ale continuò così per diversi minuti tenendo stretta Selvaggia con entrambe le mani sui fianchi. Le spinte si facevano sempre più profonde come il loro ansimare simultaneamente.

Dopo diverse spinte Ale sollevò Selvaggia sulle ginocchia e le fece tenere bassa la testa in modo da poter scendere ancora più in profondità dentro di lei. Ale sentiva che avrebbe resistito ancora per poco ed aumentò il ritmo in modo forsennato. Quando sentì prossimo l'orgasmo uscì dalla sua figa ed in contemporanea diede un forte schiaffo sul culo a Selvaggia per farla girare e si avvicinò con il cazzo alla sua bocca. Selvaggia comprese subito che Ale voleva sborrare in bocca e prese a fare un vorace pompino. Dopo pochi secondi dai primi ingoi Ale schizzò più volte in gola a Selvaggia che, tenendo il cazzo quasi per tutta la sua lunghezza, succhiò fino all'ultima goccia.

Ebbri di piacere restarono abbracciati a letto per molto tempo. Era il momento delle coccole. I loro corpi nudi e caldi erano tanto stretti che i loro cuori quasi battevano all'unisono. Selvaggia era adagiata sulla spalla destra di Ale che la teneva stretta a sé con il braccio destro lungo la schiena e la mano che andava a fermarsi proprio all'inizio del solco intergluteo. Selvaggia aveva la mano destra sul petto di Ale e lo accarezzava piano.

"Grazie per questi momenti da sogno che mi regali" sussurrò Selvaggia all'orecchio di Ale.

Restarono così, in silenzio, per circa venti minuti fino a che Ale non si alzò per prendere dei cioccolatini che aveva notato sul tavolino in camera e ne scartocciò uno per offrirlo a Selvaggia, rigorosamente al latte, e poi ne aprì uno per lui, fondente.

Quel giorno faceva davvero molto caldo e la jacuzzi in bella mostra sul terrazzo era molto invitante.

Ale fissò Selvaggia e le disse

"Che dici, piccola! Ci rilassiamo un po' nell'idromassaggio?"

"Mmmhhhh... penso proprio che si può fare!" annuì Selvaggia con uno sguardo che era tutto un programma.

Ale prese due asciugamani giganti dalla toilette per coprirsi almeno un po' ed evitare di andare fuori al terrazzo completamente nudi. Davanti a loro c'era solo l'immensità del mare ma decisero comunque di coprirsi, anche in modo da potersi asciugare dopo.

Appena fuori Ale si catapultò nella vasca ed accese subito l'idro mentre Selvaggia lo guardava sorridendo ancora indecisa se entrare in acqua oppure no. La vasca poteva contenere anche quattro persone il che consentiva ad entrambi di stare molto comodi. Dopo qualche secondo di tentennamento Selvaggia entrò in acqua lasciando cadere l'asciugamano sul divanetto accanto.

Si distese accanto ad Ale ed iniziò ad accarezzarlo. Le bollicine dell'idro fecero il resto e ben presto si ritrovarono più eccitati di prima. Selvaggia aveva il getto che puntava proprio in mezzo alle gambe e la cosa le provocava un intenso piacere. Scese con la sua mano tra le gambe di Ale per accarezzargli il cazzo. Appena lo sfiorò ebbe come un sussulto. In pochissimi secondi divenne di nuovo durissimo.

Selvaggia era incontenibile. Sentendo tra le mani il cazzo duro di Ale non resistette e salì a cavalcioni su di lui e si lasciò penetrare dal suo cazzo per tutta la lunghezza. Ale era poggiato con la testa sul bordo di gomma della vasca e Selvaggia teneva i seni stretti con entrambe le mani e, prima il destro e poi il sinistro, li avvicinò alle labbra di Ale per lasciarsi succhiare i capezzoli. Era eccitatissima e con i suoi movimenti creava delle onde nella vasca, con l'acqua che fuoriusciva nella loro totale indifferenza. Ad un tratto spinse forte sul cazzo ed iniziò a roteare il bacino. Questo ulteriore movimento le creava un piacere ancora più intenso e dopo qualche minuto, con il cazzo che le stimolava il punto del massimo piacere, raggiunse l'orgasmo. Ale a fatica si era trattenuto ed aveva i testicoli che stavano per esplodere.

"Dai amore, vieni anche tu! Come vuoi che mi metto?" chiese Selvaggia. Ale la fece girare di schiena e mettere in ginocchio con la testa che guardava verso il mare. Si piazzò dietro di lei ed affondò il cazzo con forza. Selvaggia era un vulcano di piacere e si lasciò sbattere con violenza con il cazzo che le scendeva sempre più a fondo creandole un misto tra piacere e leggero dolore.

Ale ad ogni colpo sentiva avvicinarsi l'orgasmo. Mentre la sbatteva forte le accarezzava i seni. Le mani insaponate non riuscivano a trattenerli anche a causa dei colpi violenti e la cosa generava ulteriore piacere in Selvaggia che si abbandonò a gemiti continui e perse il controllo di sé urlando di tutto. La situazione venutasi a creare le aveva fatto perdere ogni freno inibitore.

"Dai, sfondami tutta. Più forte. Spingi forte fino a farmi male, voglio sentire il tuo cazzo che mi arriva in gola." urlava Selvaggia mentre spostò la mano destra dal bordo della vasca ed iniziò a massaggiarsi il clitoride.

"Amore.... Cerca di resistere un altro po'! Voglio venire di nuovo. Dai, sbattimi ma non venire!" implorò Selvaggia ed Ale fece ogni sforzo per esaudire il suo desiderio. Rallentò i colpi senza ridurre l'intensità delle spinte in modo da arrivare sempre alla massima profondità nella sua figa. Ad un tratto Selvaggia si abbandonò con la testa sul bordo della vasca allo stremo delle forze e pronunciò parole incomprensibili! L'unica cosa che riuscì a pronunciare in modo chiaro fu un forte "vengooooo" e poi tolse la mano dalla sua figa e strinse forte le palle di Ale e disse

"e adesso sborra anche tu!" dopo che aveva leggermente girato la testa per poterlo guardare in faccia.

Ale diede solo pochi colpi e poi lo tirò fuori. Il primo spruzzo di sperma andò addirittura oltre la testa di Selvaggia mentre gli altri si andarono a fermare sulla sua schiena.

Ebbri di piacere si distesero di nuovo nella vasca a coccolarsi.

"Ho deciso – disse Selvaggia mentre era poggiata con la testa sulla spalla di Ale – *la prossima settimana vado dalla ginecologa e mi faccio prescrivere la pillola anticoncezionale. Non mi va che esci fuori per venire. Voglio che vieni dentro di me!"*

"Si amore, sarà bellissimo!" replicò Ale con un gran sorriso stampato sulle labbra.

Restarono uno accanto all'altro nella jacuzzi per un bel po'. Ale non aveva neanche riavviato i motori per poter godere del suono delle onde che si infrangevano sulla scogliera sottostante. Restarono in silenzio per godere appieno di quegli attimi di amore scambiandosi solo dei teneri baci.

Quando in lontananza udirono le campane di una chiesa compresero che era ormai mezzogiorno e che era giunto il momento di fare una doccia e prepararsi per andar via onde evitare di rischiare di fare tardi. Lungo la strada del ritorno non fecero altro che ridere come matti! La loro ormai era una complicità a 360 gradi.

Rientrarono, come sempre, appena in tempo per consentire a Selvaggia di recuperare le figlie a scuola. Approfittavano di ogni minuto per restare insieme anche a rischio di arrivare tardi a casa.

Quante cose erano cambiate da quei primi messaggi scambiati timidamente. Con il passare dei giorni la cenere dei venti anni senza sentirsi aveva lasciato spazio al fuoco della passione. Ogni scusa era buona per scriversi o sentirsi, a qualsiasi ora del giorno, anche a rischio di essere scoperti. E fu proprio quello che capitò ad Ale. Non si era accorto, accecato com'era da Selvaggia, che Sara lo stava spiando da un po' di giorni e controllava ogni sua mossa. Una sera finse di andare a letto per poi tornare in camera di nascosto e sorprendere Ale che chattava con Selvaggia. Colto in flagrante Ale ebbe molte difficoltà a giustificarsi, anche perché Sara chiese di controllare la chat, che lui aveva prontamente cancellato, e non aveva altre chat con amici per poter giustificare la cosa. Per non coinvolgere Selvaggia, Ale tirò in ballo una terza persona che, a suo dire, ci stava provando e lui, quasi per gioco, era finito in questo turbine di messaggi. La storia era poco credibile ma era l'unica possibilità che Ale aveva di non coinvolgere Selvaggia nei suoi problemi familiari. Ale pensò seriamente di lasciare Sara visto che nella sua testa ormai c'era solo Selvaggia e questa poteva essere l'occasione da prendere al balzo per rifarsi una vita e recuperare i venti anni persi.

Né parlò molto seriamente con Selvaggia la quale altrettanto seriamente gli rispose che con ogni mezzo doveva riprendere il rapporto con la moglie! Lei non avrebbe lasciato Dario a causa delle figlie ancora piccole e che se lui non riprendeva il matrimonio, oltre Sara, avrebbe perso anche lei!

Queste parole destabilizzarono non poco Ale che in quei giorni già immaginava come sarebbe stata la loro casa e come arredarla.

Selvaggia diede ad Ale tutti i consigli possibili per consentirgli di riprendere il rapporto con Sara. Ale non si sarebbe mai aspettato una tale insistenza da parte di Selvaggia, che gli impose categoricamente di non lasciare Sara. Tutta questa insistenza un qualche pensiero in testa lo metteva!

Ale, dopo diverse notti insonne, arrivò alla conclusione che il comportamento di Selvaggia era dettato solo da una pazza gelosia. Selvaggia era accecata dalla paura di perderlo una volta libero da Sara, esattamente come era successo venti anni prima, e le stava provando tutte per fargli ricucire lo strappo.

Anche grazie ai tanti consigli sul comportamento da tenere nei riguardi della moglie, saggiamente profusi da Selvaggia, Ale ricucì lo strappo con Sara.

Quanto accaduto però fece iniziare a comprendere ad Ale che la strada per la realizzazione dei loro sogni era ancora ben lunga!

Le parole *"non ti azzardare a lasciarla, altrimenti non vedi più neanche me"* pronunciate da Selvaggia risuonavano come un mantra nella testa di Ale.

Ci vollero diversi giorni, settimane, per fargli metabolizzare in quale "guaio" si era cacciato! In un colpo solo rischiava di perdere le due donne che avevano segnato la sua esistenza, e non era certo quello che lui voleva!

Selvaggia gli disse apertamente

"ti dirò io quando è il momento di fare il grande passo! Ma non adesso, le mie figlie sono ancora molto piccole e non me la sento di crearle questo trauma!"

Queste affermazioni fecero definitivamente comprendere ad Ale chi conduceva i giochi nella loro relazione!

Il giorno del compleanno di Selvaggia, Ale insistette tanto per vederla anche solo per pochi minuti. Con non poche difficoltà le aveva comprato un anello che lei desiderava e voleva farle una sorpresa. All'ultimo istante purtroppo Selvaggia fu costretta a dargli buca in quanto Dario era rientrato prima e dovevano uscire insieme. Il giorno seguente si incontrarono al loro solito posto per la sorpresa! E fu davvero una grande sorpresa! La sera prima il marito le aveva comprato lo stesso anello. Ale restò di sasso. Mai si sarebbe aspettato una tale coincidenza. Del resto, però, come lo sapeva lui che Selvaggia desiderava quell'anello anche Dario né era a conoscenza ed andò praticamente sul sicuro. Ale rimase in silenzio per molto tempo, con le lacrime che solcavano il viso. Per lui era come una sconfitta. Lui che sentiva di dare a Selvaggia tutto quanto non riusciva a Dario, in questa occasione doveva ingoiare un gran boccone amaro. Si sentì davvero debole ed impotente, ma Selvaggia prese in pugno la situazione e fece comprendere ad Ale che non aveva niente di cui star male. Aveva ben compreso il rischio corso da Ale per comprare un anello di tale importanza, in una gioielleria del posto, dove tutti conoscevano sia lui che la moglie. Il problema però restava e bisognava trovare una soluzione. Visto che a Selvaggia piaceva anche una collana della stessa *maison* Ale le propose di andarlo a sostituire, conosceva molto bene il gioielliere e di sicuro non gli avrebbe fatto problemi. Come immaginava Ale il gioielliere non si fece alcun problema a sostituire l'anello con la collana anche perché la collana aveva un valore ancora superiore.

"Amore, sai mi ha appena chiamato il gioielliere per dirmi che è arrivata la tua collana, dopo vado a ritirarla" disse Ale a Selvaggia la settimana seguente mentre parlavano al telefono di Serena, la figlia maggiore di Selvaggia, e dei suoi ottimi risultati a scuola.

"Bellissimo! – replicò Selvaggia – *adesso dobbiamo solo trovare l'occasione per la sorpresa"* con una grossa risata.

E l'occasione arrivò dopo pochi giorni. Nel corso di una delle tante telefonate Selvaggia, sorridendo di gusto, disse ad Ale

"Se ti dico una cosa riesci a tenerti calmo e tranquillo?"

"Certo che sì" rispose Ale

"Domani Dario è fuori tutta la giornata per un corso, mi ha già detto che rientrerà la sera tardi, quindi possiamo vederci e mi fai la tua sorpresa" concluse con un ironico sorrisino.

La mattina seguente Selvaggia accompagnò le figlie a scuola e rientrò subito a casa. Aveva da cambiare le lenzuola al suo letto perché, come aveva detto più volte ad Ale, non gli andava di stare nelle stesse lenzuola dove stava con Dario. Quando stavano insieme il letto doveva essere tutto "loro"!

Erano le otto e trenta quando Ale avvisò Selvaggia che stava arrivando al parcheggio esterno al complesso residenziale e lei gli diede il via libera per salire.

Prese dal bagagliaio il pacchettino della gioielleria ed un altro sacchetto per metterli nello zaino che portava sempre con sé.

Selvaggia di sicuro non se lo aspettava ma Ale davvero le aveva portato una ulteriore sorpresa. Visto che ormai la collana non poteva più definirsi tale aveva pensato di sorprenderla con un completino intimo super sexy. Nel dubbio, visto che era molto indeciso su quale scegliere, ne prese due.

Arrivò alla porta di Selvaggia con lo stesso sorriso che gli si stampava in viso da venti anni tutte le volte che stava per entrare in casa sua. Era un sorriso diverso da tutti gli altri. Più che un sorriso era quella che può definirsi espressione di gioia.

Selvaggia era li ad attenderlo dietro la porta socchiusa. Appena entrato Ale la strinse in un forte abbraccio e senza dire neanche una parola le prese il viso tra le mani e le diede un bacio sulle labbra. Lei era bellissima nella sua semplicità. Aveva degli shorts di jeans, scarpette da ginnastica ed una simpatica t-shirt bianca con una grande corona e la scritta "I'm your queen". Era leggermente truccata e senza rossetto, proprio per non lasciare tracce.

Ale sembrava ancora più alto del solito nel suo abito sartoriale blu con giacca a due bottoni, camicia bianca e cravatta di un blu chiaro. Poggiò lo zaino sul divano e tolse la giacca mentre Selvaggia si era avviata in cucina per accendere il gas alla moka che aveva preparato già prima. Prese dallo zaino il pacchetto con la collana e andò in cucina. Selvaggia era intenta a prendere le tazzine dal mobile e lui la abbracciò da dietro e le disse

"Ecco la mia sorpresa!" accennando un leggero sorriso.

Selvaggia, nonostante sapesse già cosa contenesse quel pacchetto, era comunque visibilmente emozionata.

Aprì delicatamente il nastrino che lo teneva chiuso. Quando aprì lo scatolino i suoi occhi si illuminarono nel vedere la collana che desiderava con la campanella in bella mostra. Era proprio quello che lei desiderava. La tirò delicatamente fuori dalla custodia e, dopo averla indossata, abbracciò stretto Ale.

Restò così per molti secondi. Secondi lunghissimi durante i quali Ale sentiva distintamente il battito del suo cuore.

Selvaggia era raggiante. Andò davanti allo specchio grande che aveva all'ingresso per poter vedere come le stava. E con un filo di voce e con le lacrime agli occhi per la gioia disse

"Ale è bellissima! Grazie davvero. Questa collana avrà sempre un posto speciale tra le mie cose! La custodirò con tutto l'amore possibile e ogni volta che la indosserò tu sarai con me, lì, perfettamente al centro del mio petto. Dentro di me!"

Tolse la collana e la ripose nell'astuccio prima di andarla a posare nel cassetto in camera da letto.

Seduti al tavolo della cucina Selvaggia versò il caffè e fece provare ad Ale un panettone al cioccolato che aveva preparato la sera prima per le sue ragazze.

Selvaggia, dopo aver bevuto il suo succo, andò a sedersi a cavalcioni sulle gambe di Ale e disse

"Amore mio! Ti amo da morire e sei il regalo più bello che ho ricevuto dalla vita!"

Al sentire queste parole gli occhi di Ale si riempirono di lacrime. Lacrime di gioia per le belle parole pronunciate da Selvaggia.

Lei lo guardava ammirata e lo accarezzava con infinita dolcezza prima di prenderlo e tirarlo a se, con entrambe le mani, tra il viso ed il collo. Lo baciò con il calore e la passione di una donna profondamente innamorata. Le loro lingue si intrecciarono in una danza sfrenata. Le mani di Ale si fecero spazio sotto la t-shirt ed iniziò ad accarezzarla delicatamente. Dapprima la schiena per poi scendere fino al suo culo sodo e tondo.

Selvaggia sbottonò la camicia ad Ale e lo aiutò a sfilarla per poi poggiarla sul piccolo divanetto che aveva accanto al tavolo in cucina. Il corpo di Selvaggia ardeva di passione e, dai movimenti che faceva con il bacino, dava tutta l'impressione di essere già molto eccitata.

"Dai, andiamo in camera da letto!" disse Selvaggia mentre si alzava dalle gambe di Ale.

Ale sfilò via il pantalone e le scarpe nel tempo di un battito di ciglia per ritrovarsi nudo sulle lenzuola del letto di Selvaggia.

Selvaggia tolse la t-shirt e gli short restando solo con un reggiseno a balconcino bianco ed una brasiliana che dava risalto al suo magico fondoschiena. Iniziò a succhiargli il cazzo che era già duro come il ferro e si muoveva con il bacino ansimando, pregustando il momento in cui il grosso cazzo di Ale l'avrebbe riempita tutta. Stretto tra le mani di Selvaggia, il cazzo di Ale pulsava continuamente. Lo sentiva in tutta la sua grandezza. Lo lasciò solo per pochi secondi, giusto il tempo di togliere la brasiliana, e poi salì su di lui. Con la mano destra, mentre era sopra di lui, si strusciava la cappella del cazzo di Ale tra le labbra ed il clitoride, per aumentare ancora di più il piacere e preparare la strada per la penetrazione. Pochi secondi e poi lo guidò all'interno della sua figa. Era tanto bagnata che i suoi piaceri scorrevano lungo l'asta di Ale fin sotto le palle. Selvaggia iniziò dapprima lentamente ma poi ben presto aumentò sia la velocità che l'intensità dei colpi. Era eccitatissima e sentiva vicino l'orgasmo. Ale le sussurrava all'orecchio ogni fantasia che gli passava per la testa e la cosa fece andare in estasi Selvaggia che raggiunse uno degli orgasmi più veloci ed intensi della sua vita. Continuò a muoversi su di lui ininterrottamente anche dopo aver raggiunto l'orgasmo. Spingeva con una forza tale che Ale sentiva ogni volta il cazzo che entrava più in profondità dentro di lei. Sotto i colpi ininterrotti di Selvaggia, Ale sentiva vicino l'orgasmo e la avvisò di spostarsi da sopra appena lui stava per venire. E così fu. Lei saltò via con la velocità e l'abilità di un grillo e si fiondò sul suo cazzo per farlo venire nella sua bocca. Il primo schizzo di sperma le finì in faccia, visto che non aveva fatto in tempo a prenderlo in bocca, ma poi accolse dentro di lei tutta l'altra sborra che le palle di Ale spinsero fuori dal cazzo.

"E' stato fantastico" disse Ale con un filo di voce.

"A chi lo dici! Quando il tuo cazzo entra dentro di me io non ci capisco più niente!" replicò prontamente Selvaggia.

Restarono stretti a letto per un bel po'. I racconti delle loro sensazioni erano intervallati da lunghi silenzi. Selvaggia chiese se avesse voglia di qualcosa di fresco ed Ale disse che aveva voglia di un caffè ma che non doveva preoccuparsi perché sarebbe andato lui in cucina a prepararlo.

Si alzò, nudo, ed andò in cucina. Selvaggia dapprima restò a letto ma poi non riuscì a resistere alla tentazione di osservare Ale alle prese con la sua cucina, e del resto completamente nudo!

Senza fare rumore arrivò in cucina e lo vide di schiena, in tutta la sua nudità, alle prese con la moka. Ale aveva una leggera pancetta ma, nel complesso, era ben proporzionato. Aveva anche lui, come Selvaggia un gran bel culo, con pettorali e bicipiti ben delineati.

Selvaggia restò incantata a guardarlo di spalle, mentre armeggiava vicino alla sua cucina. Quando si girò e la vide lì, ferma sull'uscio della porta, scoppiò in una risata. Ale andò verso di lei fingendo di sfilare su una passerella, con il cazzo, ormai completamente flaccido, che oscillava a destra e sinistra e Selvaggia che rideva di gusto per la scena. Selvaggia indossava solo la t-shirt che aveva in precedenza. Lui la abbracciò stretta e le disse

"Vieni che ho un regalo per te!"

La portò vicino al divano dove aveva lo zainetto e tirò fuori il sacchetto con i completini intimi che aveva comprato.

"Ecco amore! Questa è una sorpresa per te! Ma tu lo sai che sono curioso (sorrise) e voglio vedere se ti stanno bene"

"Certo amore mio, farò la modella per te!" rispose Selvaggia con un gran sorriso.

Ale tolse la moka dal fuoco e prese dalla dispensa lo zucchero prima di sedersi al tavolo. Selvaggia intanto aveva preso dal frigo un succo d'arancia e si accomodò sul lato del tavolo alla sinistra di Ale. Lui era completamente nudo e Selvaggia, guardandolo, sorrise di gusto pensando a quanto era bello avere in giro per casa, e per giunta nudo, l'uomo dei suoi sogni. Ale era proprio a suo agio e si muoveva con disinvoltura sentendosi a casa e la cosa riempiva di gioia Selvaggia.

"Dai, torniamo a letto" disse Selvaggia alzandosi dal tavolo per andare a recuperare i completini che le aveva regalato Ale.

"Aspettami a letto, io arrivo subito" ed andò in bagno per indossare il primo completo. Arrivò in camera con un babydoll in pizzo nero e tulle con un micro perizoma che metteva in risalto le sue forme. Aiutandosi con entrambe le mani sollevò i capelli e fece due giri su se stessa per farsi ammirare da Ale.

"Allora? Che né pensi? Ti piaccio?" chiese Selvaggia con tono molto sensuale.

"Sei a dir poco incantevole" rispose Ale.

Andò di nuovo in bagno per indossare il secondo. Dopo neanche un minuto rientrò in camera da letto con indosso un Body con perizoma in pizzo e tulle bianco. Era quasi completamente aperto e lasciava vedere gran parte del suo corpo. Sul seno c'era solo una piccola striscia in pizzo che ricopriva il capezzolo. Era davvero molto eccitante, tanto che, mentre lei fingeva una sfilata ai piedi del letto, ebbe una erezione.

"Mhhhhh... noto con piacere che questo ti piace davvero tanto!" disse con un sorriso malizioso Selvaggia.

Dopo il piccolo defilè si andò a distendere accanto ad Ale per prendersi le meritate coccole.

Ale iniziò a baciarla dietro l'orecchio sinistro e Selvaggia ebbe quasi uno spasmo. Un brivido corse lungo tutta la schiena. Restò immobile, quasi bloccata dal senso di piacere che stava provando in quel momento. Ale, con non poca fatica visti i tanti intrecci, sfilò via il body e baciò ogni angolo del suo meraviglioso corpo. Le mani di entrambi non riuscivano a restare ferme ed andavano di continuo alla ricerca di zone sensibili da stimolare. Selvaggia si posizionò prona sul letto, con un cuscino piegato sotto il basso ventre. Ale la penetrò dapprima con dolcezza e poi, man mano che sentiva i lamenti di piacere di Selvaggia. Sempre con maggiore forza. Sentiva il cazzo sbattere forte nelle pareti interne della sua vagina e lei ad ogni colpo provava sempre maggiore piacere.

Quando avvertì che stava per godere la tirò ancora più forte a se tenendola per i fianchi e fece in modo che le palle, ad ogni colpo, andassero a sbattere sul clitoride. Selvaggia ebbe un orgasmo lungo ed intenso che spinse Ale ad aumentare in modo vertiginoso le spinte fino a schizzare tutto il suo sperma sulla sua schiena.

Prese della carta dal rotolone e pulì con cura la schiena di Selvaggia prima di distendersi di nuovo accanto a lei e tenerla così stretta da arrivare quasi a toglierle il fiato.

Fu una mattinata stupenda. Fecero l'amore per quattro volte, con Ale che, sentendosi più giovane che mai, avrebbe tranquillamente continuato se non fosse stato per l'ora tarda.

Era appena uscito dalla doccia e stava davanti allo specchio che si asciugava quando vide apparire la sagoma di Selvaggia che con il sorriso sulle labbra disse

"Sono in debito con te! Oggi ho vinto io cinque a quattro, la prossima volta dobbiamo ristabilire l'equilibrio!"

Selvaggia si riferiva agli orgasmi raggiunti. Lei aveva goduto una volta in più, ed era stata proprio quella che, a dire di Selvaggia, l'aveva mandata letteralmente in estasi. Ale l'aveva portata alle porte del paradiso, ma anche di un collasso, succhiandole la figa ininterrottamente per oltre dieci minuti.

Mentre Ale in camera da letto si sistemava la cravatta, Selvaggia, seduta sul bordo del letto, lo scrutava con gli occhi a cuoricino nel tentativo, risultato vano, di trovare qualcosa che non andava in quel gigante tanto bello ed elegante che stava lì ad un metro da lei. Lui, sentendosi osservato, faceva dei piccoli sorrisini mostrando di apprezzare gli sguardi compiaciuti di Selvaggia.

Ogni volta che la porta di casa di Selvaggia si richiudeva dietro le sue spalle la sua testa era già proiettata a quando l'avrebbe rivista, prima di raggiungere la macchina nel parcheggio già sentiva forte la sua mancanza.

Selvaggia nel pomeriggio inviò un messaggio ad Ale

"Sento ancora il tuo profumo sulle mie mani! Ti sento dappertutto, in ogni angolo della casa sento te! Questa mattina è stato fantastico, mi sono sentita davvero una principessa. Grazie di esistere amore mio"

Gli occhi di Ale si illuminarono. Con Selvaggia stava provando quell'amore che ogni uomo dovrebbe provare almeno una volta nella vita. C'era tanta complicità. Tante risate ogni volta che stavano insieme. E poi facevano l'amore in modo divino.

Intanto il rapporto tra Ale e la moglie pian piano tornava alla normalità, proprio come auspicato da Selvaggia. Quella normalità però che era ben lontana dall'amore da sogno che stava vivendo con Selvaggia.

Le giornate di Ale erano scandite dai ritmi di Selvaggia. Riusciva alla grande a conciliare gli impegni di lavoro con il piacere di incontrare la sua Selvaggia tutte le volte che si presentava l'opportunità di farlo, in qualsiasi ora del giorno. Le fughe a casa di Selvaggia divennero quasi quotidiane, anche solo per un fugace bacio. Complice le giornate corte dell'inverno ripresero anche ad incontrarsi in quello che era il loro posto. Non riuscivano in alcun modo a fare a meno l'uno dell'altro. Il giorno di San Valentino, vista l'assenza di Dario, avevano programmato un'altra mattinata da trascorrere insieme ma una allerta meteo rovinò i loro piani. Le ragazze di Selvaggia non andarono a scuola e il tutto saltò. Si incontrarono il giorno seguente, di pomeriggio, per un bacio ed Ale le portò il "cuore" con i baci che le aveva preso il giorno prima.

Pochi giorni dopo le scuole chiusero per il ponte del carnevale e Selvaggia ne approfittò per qualche giorno in montagna con tutta la famiglia ed alcuni amici. Tornò in città solo per poche ore in quanto la figlia aveva già programmato un appuntamento con l'estetista e lei insistette per accompagnarla. Aveva una gran voglia di incontrare Ale, anche solo per un bacio. Lasciò la figlia dall'estetista e chiamò subito Ale. Arrivarono insieme a casa. Seduti sul divano iniziarono a baciarsi con tanta passione. Selvaggia era eccitatissima e slacciò subito i pantaloni ad Ale. Prese a succhiargli il cazzo in modo vorace. Erano quasi tre settimane che non stava con Ale ed aveva una incredibile voglia del suo cazzo. Lui la lasciò fare convinto che ben presto si sarebbe seduta sulle sue gambe ed avrebbero fatto l'amore.

Invece Selvaggia, pur essendo molto eccitata e bagnata, si oppose e chiese ad Ale di non insistere. Aveva solo voglia di fargli un pompino. Non era depilata e non le andava di farsi vedere con tutti quei peli sulla figa. Ale ingoiò un altro boccone amaro e accettò di buon grado il suo volere. Selvaggia succhiò il suo cazzo per circa dieci minuti. Lo teneva stretto tra le mani e lo sentiva vibrare ogni volta che lo affondava in gola. Lui intanto, con la mano destra, le stimolava il clitoride, spingendo sul jeans, nel tentativo di farla cedere al piacere del momento. Tentò diverse volte di infilare la mano nei pantaloni ma, puntualmente, ogni volta lei lo bloccava.

Ale si abbandonò al volere di Selvaggia. Si rilassò sul divano con le gambe aperte mentre lei, seduta a terra, succhiava in modo delizioso il suo cazzo. Selvaggia succhiò ogni goccia di sperma e ad ogni schizzo che sentiva in gola emetteva un "mhhh".

"Hai un cazzo bellissimo e il tuo sperma ha un buonissimo sapore, un po' dolce. Davvero delizioso. Sapessi quanto mi piace succhiartelo" disse lei mentre era ancora seduta a terra e lo fissava con sguardo languido, prima di appoggiare la testa sulla gamba di Ale per sentire il calore del suo corpo. Restarono insieme per circa mezz'ora, poi Selvaggia scappò via per andare a riprendere Serena dall'estetista.

"Amore mio, con Dario e Martina in montagna e Serena dall'estetista avevamo tutta la tranquillità per fare l'amore, ma tu alle volte ti impunti. Ma chissenefrega se non sei depilata! Tu mi piaci, e basta!" disse Ale mentre si stava sistemando la camicia nei pantaloni.

Selvaggia lo strinse forte a se e gli disse

"Ti amo da morire, ma io se non mi sento preparata non mi va

di farmi vedere. Neanche da te"

Uscirono di casa a pochi secondi di distanza e Ale la "scortò", mentre parlavano al telefono, fino all'ingresso del centro estetico che si trovava a pochi chilometri di distanza in un paese vicino.

Selvaggia prese la figlia e tornò in montagna da Dario e Martina.

Appena arrivata, come faceva ogni volta che usciva di casa, inviò un messaggio ad Ale per avvisarlo che era tutto ok.

Nei giorni che seguirono iniziò a diffondersi il panico tra la popolazione per un virus che arrivava dall'asia e stava colpendo le fasce più deboli della popolazione. Fù disposta una lunghissima quarantena durante la quale Ale e Selvaggia continuarono a sentirsi, nonostante la presenza fissa in casa di tutti i componenti della famiglia. Ale, usando stradine secondarie, per ben due volte riuscì anche ad arrivare fin sotto casa di Selvaggia per poterla vedere dal balcone, come del resto avevano spesso fatto in tempi normali. Le strade erano deserte e la sua Mercedes ferma nel piazzale sotto casa di selvaggia non passava certo inosservata.

Selvaggia consigliò ad Ale di non rischiare più ad andare sotto casa perché avrebbero potuto vederlo e poteva anche prendere una denuncia in quanto era assolutamente vietato uscire di casa senza un valido motivo. Andare sotto casa di Selvaggia era un valido motivo per Ale ma non certo per le forze dell'ordine!

Le giornate avevano un ritmo tutto nuovo. Ci si dilettava in cucina ed a preparare pane e pizza fatta in casa. Sia Ale che Selvaggia non restarono immuni a questa tentazione e fecero diverse volte a gara a chi preparava la pietanza più particolare. Ovviamente la gara era senza storia. Ogni cosa che preparava Selvaggia aveva un aspetto bellissimo e di certo erano anche una delizia per il palato. Ale, che era alle prime armi, faceva quel che poteva ma era ben lontano dagli standard di Selvaggia.

Un pomeriggio Selvaggia inviò un messaggio ad Ale

"E' successo un casino! Non scrivere nessun messaggio, dopo ti spiego!"

Queste poche parole mandarono nel panico Ale che, per le ore successive, restò come sospeso nel vuoto.

Dopo circa tre ore Selvaggia scrisse nuovamente ad Ale per portarlo a conoscenza di quanto accaduto.

Martina, la figlia piccola di Selvaggia, curiosando tra le varie app del suo cellulare aveva trovato l'ultimo scambio di messaggi che lei aveva avuto con Ale. I messaggi non lasciavano adito ad interpretazione. Erano i messaggi che si scambiano due persone che si amano e la piccola comprese subito che la mamma aveva un altro uomo.

Martina scoppiò a piangere e riferì subito a Serena la scoperta che aveva fatto. Selvaggia si sentì crollare il mondo addosso.

Selvaggia disse alle figlie che era tutto un dialogo tenuto in modo scherzoso con un amico e chiese la cortesia di non dire niente al papà per evitare inutili problemi. Per dare maggiore tranquillità alle ragazze e per mostrare loro che non aveva alcun segreto le diede anche il codice di accesso al cellulare. Le bambine ad ogni piccolo litigio con Selvaggia tiravano in ballo il segreto che custodivano, e la povera Selvaggia si ritrovava praticamente chiusa in una morsa. Chiese ad Ale di non scrivere perché in qualsiasi momento le ragazze potevano avere in mano il suo cellulare e leggere i messaggi. Disse semplicemente

"Tu non scrivere mai! Ti scrivo io ogni volta che posso."

Inoltre, chiese ad Ale di non andare più sotto casa per evitare rischi con le figlie che ormai erano sul chi va la.

I "plin" di Selvaggia, quelli che facevano sobbalzare Ale, divennero cosa rara. Passarono presto dal sentirsi in ogni istante della giornata, a pochi e rapidissimi messaggi scritti in tutta fretta, che finivano sempre con un

"Devo chiudere. Ti amo" da parte di Selvaggia.

In pochissimi minuti il loro rapporto era totalmente cambiato. Selvaggia non era più la stessa, era diversa. Viveva di alti e bassi, dettati, con ogni probabilità, dal pensiero di quanto accaduto con le figlie. L'unico modo che aveva Ale per far sentire la sua presenza erano le storie che continuava, imperterrito, a dedicarle su facebook. Selvaggia dava un cenno di apprezzamento con dei cuoricini ma quasi sempre non scriveva niente, lasciandolo sommerso dai dubbi. Non riusciva a spiegarsi perché, la persona che più volte gli aveva dimostrato di desiderarlo più di ogni altra cosa al mondo, di colpo non sentiva più la necessità di sentirlo! Ale aveva il cuore in frantumi e iniziò a convincersi che quello era solo l'inizio della fine del loro rapporto. Quella fantastica storia d'amore stava per concludersi. Ale più volte, nei pochi istanti che riuscivano a sentirsi, toccò l'argomento ma ogni volta Selvaggia negava un suo allontanamento. Lei continuava a ripetere che i suoi comportamenti erano dovuti solo al problema con le figlie.

In uno dei pochi messaggi che Selvaggia inviò ad Ale scrisse

"Sappi che se un giorno non sentiamo più lo stesso sentimento di adesso. Se dovessi cambiare il tuo sentimento per me. Io non ce l'avrei con te, ma ricorderei la nostra storia come la storia segreta più bella del mondo e semmai ti dovessi incontrare per strada ti sorriderei senza nessun odio, ma con molta soddisfazione, quello di averti sentito mio per così tanto tempo!"

Il viso di Ale era rigato da lacrime che scorrevano copiose. Il messaggio di Selvaggia risuonava nella testa di Ale come una vera e propria lettera d'addio. Aveva più volte detto che le figlie erano troppo piccole e non voleva in alcun modo creare un trauma nella loro vita, e questo era certamente la causa principale di questo cambio di atteggiamento. Inoltre, tanti giorni richiusa in casa con Dario, le avevano fatto rivalutare quel bravo ragazzo che aveva sposato un po' di anni prima, che ci stava mettendo tutto il suo impegno per tenerla legata a sé. Era un amore diverso da quello provato per Ale ma era pur sempre amore. Selvaggia era sempre più combattuta. Da un lato non voleva in alcun modo perdere Ale e dall'altro non voleva dare un dispiacere alle figlie e a Dario.

Una ulteriore conferma dell'allontanamento di Selvaggia arrivò con un altro messaggio

"ho quasi 45 anni ed è ora che io smetta di sognare ad occhi aperti! Questa nostra storia non so se e quando diventerà realtà, di certo non presto, e di questo dobbiamo prenderne atto e tornare a vivere la nostra realtà quotidiana"

Con queste poche e fredde parole Selvaggia aggiunse un ulteriore tassello al puzzle che Ale stava creando. La bilancia pendeva decisamente dal lato di Dario e delle sue figlie.

Si stavano creando le condizioni per quello che Ale aveva sempre detto di non volere.

"Tu non sarai mai la mia amante!" le aveva detto più e più volte. Ma era proprio la situazione in cui andava a ritrovarsi.

Lei iniziò a non informare più Ale di quello che faceva, tranne che in rari casi, e solo dopo averlo fatto. Ale invece trovava sempre il modo di tenerla al corrente di ogni cosa con le tante storie che pubblicava solo per lei. Selvaggia invece iniziò ad essere più attiva sui social pubblicando tante foto sia con le figlie che con lo stesso Dario, cosa che aveva fatto molto di rado in precedenza e solo dopo averlo detto ad Ale. Iniziò ad essere molto attiva anche su Instagram, un social che aveva sempre frequentato poco.

Ale aveva nella testa un solo pensiero: "la stava perdendo"!

Il comportamento di Ale era quasi diventato da accanimento terapeutico. Pur non avendone la controprova, sentiva che quel rapporto lo teneva in vita lui in modo forzato. Fu in quei giorni che gli tornò in mente il "principio della rana bollita" **. Selvaggia si stava allontanando da lui dolcemente, anche perché in cuor suo non avrebbe mai voluto farlo ma quel rapporto ripartito così, quasi per gioco, era diventato molto di più e si vedeva costretta a riprendere il controllo della sua vita. Le giornate erano scandite da una miriade di storie di Ale solo per lei, alle quali Selvaggia replicava con micro messaggi di saluto che si concludevano sempre con un "ti scrivo quando posso"... e in molti casi, non riuscendo a trovare nessun ritaglio di tempo durante tutto l'arco della giornata, il quando posso era il giorno dopo! Nella testa di Ale giravano sempre più pensieri, alimentati anche dal non avere notizia alcuna di Selvaggia. Il suo essere online in molte occasioni senza curarsi minimamente di Ale, anche per un solo *"ciao, ti sto pensando"*, lo spinse addirittura a pensare che il cuore della sua Selvy potesse battere per qualcun altro. Il comportamento di Selvaggia era quello della donna che ha deciso di chiudere con una storia ma non trova la forza per fare il passo definitivo. Da quel giorno ormai lontano Selvaggia non aveva mai più chiamato Ale. Lasciandolo solo con i suoi tanti pensieri. Ale quotidianamente riviveva i discorsi fatti con la sua Selvaggia negli ultimi mesi. Tutte le volte che lei gli aveva detto di pazientare che a fine dell'anno scolastico le ragazze sarebbero state più libere e di sicuro avrebbero trascorso un bel po' di tempo con le amiche lasciandola libera di potergli dedicare più tempo. L'anno scolastico era finito da un pezzo ed Ale era lì, ad arrovellarsi, per provare a comprendere, ad interpretare, i lunghissimi silenzi di Selvaggia. Niente di quanto detto era accaduto. Non si erano più ne visti nè sentiti. Ale trascorreva le sue giornate in simbiosi con il cellulare, sempre pronto a rispondere ad un eventuale messaggio di Selvaggia altrimenti per risentirla avrebbe rischiato di attendere molte ore. Ale però, con tutte le sue forze, tenne duro.

Era follemente innamorato di Selvaggia ed era deciso a non indietreggiare di un passo! Tanto forte era l'amore che provava per lei che, pur versando fiumi di lacrime nei tanti momenti in cui aveva la netta sensazione di ritrovarsi ormai solo, continuò imperterrito a farle sentire forte la sua presenza.

Erano ormai quasi sei mesi che non si vedevano e da quattro si sentivano pochissimo.

Arrivò l'estate. Lei andò in vacanza con il solito gruppo di amici. La decisione Selvaggia ormai l'aveva presa. Non avrebbe più rischiato per Ale. Questo atteggiamento la portò a tenerlo sempre più lontano dalla sua vita. Complice l'estate i loro contatti si interruppero del tutto. Selvaggia non inviò più nessun messaggio ad Ale e non mise più alcuna reazione alle tantissime storie che lui continuava imperterrito a dedicarle ogni giorno.

Di quella che poteva essere una fantastica storia d'amore, restava solo un sogno! Una bellissima favola che due persone custodiranno nel profondo del loro cuore.

Entrambi, nella loro solitudine, benché in mezzo a tante persone, ripensavano a quello che poteva essere e che non era stato.

Erano passati ormai ottantatre giorni, ventuno ore e quarantasei minuti senza sentire Selvaggia, quando il cellulare di Ale emise il più classico dei "plin"!

"Io ci ho provato, ma senza te non riesco a vivere!"

Certi amori non finiscono, fanno dei giri immensi e poi ritornano!

*

29.03.

È passato un altro mese! Sembra che il tempo corra ... più in
... anche se molto spesso vorrei trovare il modo di bloccarlo
e non far passare mai quei giorni pieni, carichi di felicità che
si donassi. Ho buttato la lettera che ti avevo scritto, perché
... che da allora ad oggi, qualcosa è cambiato, e già, perché
è più che mai, mi rendo conto che in me, ho ritrovato mag-
gior gusto e fiducia ..., fiducia nella capacità di
... tutto me stesso, ancora di più di quanto ... il mio
cuore è stato in grado di dare. E questo grazie a te, alla ...
... che invade il ... animo, al tuo essere grande e straordi-
no, e al senso ogni giorno più forte di sicurezza che riesci a
mettermi. Sono fiero dell'amore che provo per te, e sono lieto
... amarti così esageratamente, e TI GIURO, che il mio sentimento crescerà fino all'eternità. È difficile non innamorarsi e
non pensare come te, credo (anzi ne sono certo) che farebbero
... per avere una persona al proprio fianco, speciale come ...
... Mi chiedevi tempo fa se credo nel destino. Sì, ci credo
... credo pienamente, e credo che sia stato proprio il fato o ...
... incontrare te. In questi momenti (quando tu sei al mio
...) mi rendo conto che mi manchi enormemente, e che far-
... tutto, anche l'impossibile per averti qui con me. La mia me...
... è un continuo galoppare (povero!), un continuo pensare a ...
... modo per vederti, la tortura, ma alla fine ottengo ...
... quello che voglio: TE!, in tutti i sensi.
... sono felice! Se solo si potesse quantificare l'amore che
... per te, non esisterebbero misure, devi credermi Ti amo
... sono più che convinto che quello che oggi per noi è ...
... un bellissimo sogno, prima o poi, si trasformerà in
una splendida realtà. Però ci crederei, dobbiamo essere in due.
Sei la mia passione, il mio desiderio più folle, sei la mia
voglia di vivere. Amo solo te.

Pensandoti!

*

È NELL'ARIA ANCORA IL TUO PROFUMO DOLCE, CALDO, MORBIDO,
COME QUELLA SERA, MENTRE TU, NON CI SEI PIÙ.

E QUESTA NOTTE NEL LETTO METTERÒ QUALCHE COPERTA IN PIÙ
PERCHÉ SE NO, AVRÒ FREDDO SENZA AVERTI SEMPRE ADDOSSO,

MA LA TRISTEZZA SI PUÒ RACCHIUDERE DENTRO 1 CANZONE
CHE CONTERÒ

OGNI VOLTA CHE AVRÒ VOGLIA DI GUARDARTI, DI TENERTI DI
TOCCARTI, DI SENTIRTI ANCORA TUO...

È STATO SPLENDIDO
XÉ AMARTI

* *

Il *principio della rana bollita* è un principio metaforico raccontato dal filosofo, e anarchico statunitense **Noam Chomsky**, per descrivere una pessima capacità dell'essere umano moderno: ovvero la capacità di adattarsi a situazioni spiacevoli e deleterie senza reagire, se non quando ormai è troppo tardi.

"Immaginate un pentolone pieno d'acqua fredda nel quale nuota tranquillamente una rana. Il fuoco è acceso sotto la pentola, l'acqua si riscalda pian piano. Presto diventa tiepida. La rana la trova piuttosto gradevole e continua a nuotare. La temperatura sale. Adesso l'acqua è calda. Un po' più di quanto la rana non apprezzi. Si stanca un po', tuttavia non si spaventa. L'acqua adesso è davvero troppo calda. La rana la trova molto sgradevole, ma si è indebolita, non ha la forza di reagire. Allora sopporta e non fa nulla. Intanto la temperatura sale ancora, fino al momento in cui la rana finisce – semplicemente – morta bollita. Se la stessa rana fosse stata immersa direttamente nell'acqua a 50° avrebbe dato un forte colpo di zampa, sarebbe balzata subito fuori dal pentolone." Tratto dal libro "**<u>Media e Potere</u>**" di Noam Chomsky

Finito di stampare
Settembre 2020